失物請洽圖書室

お探し物は図書室まで

What you are looking for in the library

青山美智子
Michiko Aoyama

邱香凝 譯

羊毛氈　さくだゆうこ
拍攝　小嶋淑子

目次

第一章

朋香 二十一歲 女裝店員

沙耶傳LINE來說她交到男朋友了，我就回訊問「怎樣的人？」她只回了「醫生」兩個字。

我問的明明是「怎樣的人」，她卻跳過個性或外表這些條件，直接回答對方的職業。就算是醫生，也有各式各樣的人吧。

可是，這也就代表，當人們想說明某個人是怎樣的人時，這麼回答最簡單明瞭。職業就好像是那個人扮演的角色。確實，當我看到沙耶回答「醫生」，就大概能明白對方是怎樣的人了。雖然只是刻板印象，又或者說，充其量只是我個人對醫生的印象。

這麼說起來，我的職業看在一般人眼中，又會設定成什麼樣的角色呢？不認識我的陌生人，光憑我的職業就能大概明白我是怎樣的人嗎？

手機螢幕上，有著淡淡天空藍色背景的LINE對話視窗上，不時跳出沙耶那個聯誼認識的新男友的事。

沙耶是我在老家那邊的朋友。從高中到現在的交情了，即使我趁著讀短大的機會搬到東京，之後也在這裡找到工作，她還是常常像這樣聯絡我。

「朋香最近過得如何？」

手指在沙耶這條訊息上停了一下。過得如何？也沒什麼好說的。

按著鍵盤打了個「過」，自動選字第一個跳出來的選項是「過得很開心」，乾脆就這麼回覆她了。其實本來想打的是「過得很無趣」。

我在伊甸工作。

在這家以樂園為名的綜合超市裡，穿著黑色背心和窄裙，每天站收銀為客人結帳。無論春天夏天秋天，還是即將到來的冬天。短大畢業後進入這間公司，一轉眼半年就過了。

十一月，店內開著暖氣。穿絲襪的指尖悶在侷促的包頭鞋裡。我感覺得出，擠成一團的腳趾一邊流汗一邊萎縮。

儘管在必須穿制服的職場工作的女人大抵都是這身裝扮，伊甸最具特徵的，就是珊瑚粉紅的上衣了。帶點橘色的粉紅色。剛進公司參加研習時，講師跟我們說這是請知名色彩搭配師精心挑選的顏色。除了珊瑚粉紅本身給人明亮溫柔的印象外，這個顏色「適合任何年齡的女性」也是原因之一。實際開始工作不久後，我終於深深體會到這一點。

「藤木小姐，我休息好了，請妳接著休息吧。」

這麼說著回到收銀櫃檯內的，是計時人員沼內小姐。她正在補搽口紅。

我隸屬服飾部門的女裝賣場。沼內小姐已經在這裡工作十二年，是資深前輩。上個月聽她說，「今年過的是兩個數字一樣的生日」。不是四十四歲也不是六十六歲，應該是五十五歲吧。跟我媽差不多大。

珊瑚粉紅的上衣穿在沼內小姐身上果然也很適合。在這裡工作的工作人員，以計時打工的中年女性為主，或許是考量到這一點，公司才設計出這件上衣的吧。

「藤木小姐，妳最近都拖到時間快到才回來喔，注意一點。」

「……不好意思。」

沼內小姐儼然計時人員中的領導者，又像個風紀股長。雖然覺得她管得也太瑣碎了吧，但她說的都沒錯，我也沒辦法。

「那我去休息了。」

對沼內小姐輕輕點個頭，我走出收銀櫃檯。路過賣場時，覺得商品好像擺得有點亂，正想伸手整理，一位客人叫住了我。

「噯，妳來一下。」

回頭一看，是位女客。年紀可能和沼內小姐差不多吧。看上去沒化妝，穿著舊舊的羽絨外套，揹一個破破爛爛的後背包。

「妳覺得哪件比較好？」

這位客人雙手各拿一件毛衣，高舉起來問我。一件是紫紅色的V領毛衣，一件是咖啡色的高領毛衣。

和服飾專賣店不一樣，大賣場的方針是店員不用積極對客人推銷。這對我來說是值得感恩的事，不過，客人提問當然還是得回應。

早知道裝作沒看見亂擺的商品，直接去休息就好了。儘管心裡這麼想，嘴上還是得說「我看看喔……」伸手指向紫紅色那件。

「這件應該比較好吧？感覺比較亮眼。」

「是嗎？我穿不會太花俏？」

「不，沒這回事。不過，如果您喜歡比較穩重的風格，這件咖啡色的也不錯，脖子這邊很保暖喔。」

「可是，這件好像又有點太素了……」

真是無意義的問答。就算我問「要不要試穿看看」，對方卻回答「太麻煩了還是算了」。強忍嘆氣的衝動，我拿起那件紫紅色毛衣。

「我認為這件顏色很漂亮，很適合您喔。」

我這麼一說，氣氛才終於轉變。

「是嗎？」

客人盯著紫紅色毛衣看了好半晌，這才抬起頭：

「不然就買這件好了。」

看著客人走向結帳櫃檯排隊，我將咖啡色高領毛衣折好，放回架上。不能多耽擱一分鐘的四十五分鐘休息時間，就這樣硬生生少了十五分鐘。

從工作人員專用門走到賣場後方，正好和一個青少女服飾專櫃的工作人員擦身而過。她穿著氣質高雅的苔綠與白色格紋喇叭裙，裙襬搖啊搖的。

即使同為服飾樓層的員工，品牌專櫃的女生就打扮得很可愛。身上的衣服應該是櫃上的商品吧。搭配鄉村風的罩衫，一頭捲髮紮成馬尾，有這麼可愛的女生在這裡工作，連伊甸都感覺時尚起來了。

我先走向放有置物櫃的房間，拿出休息時用的塑膠托特包，前往員工餐廳。

員工餐廳的菜單只有蕎麥麵、烏龍麵、咖哩飯和一星期換一次菜色的炸物套餐。我吃過幾次，但有一次餐廳阿姨搞錯我點的東西，被我說了一句「不是這個」之後，阿姨對我態度就變得很冷淡。隔天要再點餐時，總覺得難以啟齒。從那之後，我多半帶著上班途中去便利商店買的麵包來餐廳吃。

餐廳裡不時可見珊瑚粉紅走過。中間也穿插著穿白襯衫的男性員工，或是穿專櫃品牌服飾的女生。

附近餐桌傳來肆無忌憚的笑聲。坐在那桌的，四個都是計時人員。穿制服的她們正聊先生和小孩的話題聊得起勁。好像很開心啊。看在客人眼中，或許我和她們一樣都是「珊瑚粉紅」的一分子，但是老實說，我很怕她們。總覺得絕對鬥不過她們。所以只能選擇避免起衝突。

……我常在想，自己是不是錯了。

進入伊甸工作只有一個原因。因為伊甸是唯一錄用我的公司。

大三找工作、投履歷時沒想太多，也不只有對伊甸的態度是這樣。反正自己也做不來什麼了不得的工作，只要能被錄用，哪裡都好。只是抱持著這種心態去面試。

遭三十多間公司拒絕，感到筋疲力盡的時候，收到了伊甸寄來的內定錄取通知。我心想，就去那裡上班吧，從此不再繼續投履歷找工作。對我來說，最重要的是姑且能繼續在東京住下去。

至於我想待在東京是為了成就什麼大事嗎？倒也不是。真要說的話，比起繼續待在東京，「不想回老家」的情緒更強烈。

我的老家在離東京很遠的地方，放眼望去，不是田就是田，除了田還是田。從我家開車到大馬路上唯一的便利商店得開上十五分鐘。雜誌總是比發售日晚好幾天才買得到，沒有電影院也沒有時尚購物中心。沒有稱得上餐廳的餐廳，說到上館子，能去定食店就不錯了。我從國中開始覺得這樣的地方無趣到了極點，恨不得愈早離開這鄉下地方愈好。

電視只有四個頻道，但是電視劇對我影響很大。總以為只要能去東京，在那個什麼都有的地方，就能過著女明星一般時尚又戲劇化的生活。所以我拚命用功讀書，考上東京的二年制大學。

來到東京不久，我就知道那只是一場壯麗的幻想。只是，畢竟這裡走路五分鐘以內的地方就有好幾間便利商店，電車每三分鐘來一班。就這層意義來說，東京果然還是夢一般的場所。不管怎麼說，到處都買得到日用品和煮好的食物。我已經完全習慣這麼輕鬆的生活了。伊甸在關東有好幾間連鎖店，公司決定派我到離家只要搭一站電車的分店，通勤一點都不辛苦。

可是，有時我還是會想：今後該怎麼辦？

決定來東京時那份熱情的衝動，和宿願得償時的沸騰情感，都已經化為泡沫消失。

老家幾乎沒有其他人來東京念大學。我在大家「好厲害喔」的讚美聲中志得意滿地來到了東京，結果卻一點也不厲害。

沒有非常想做的事或開心的事，也沒有男朋友。只是不想離開這便利的生活，覺得就算回老家也什麼都做不了。

要這樣繼續待在伊甸，渾渾噩噩地變老嗎？沒有目標，沒有夢想，有的只是珊瑚粉紅下的年華逐漸老去。假日都不在週末，和朋友往來減少了，雖然不只因為這樣，總之也交不到男朋友。

換工作。

這念頭好幾次閃過腦海。可是，總覺得那得花上難以想像的龐大精力。這麼一想，我就提不起勁行動了。對，基本上我就是提不起勁。連叫我現在寫一份履歷表都像會要了我的命。

最重要的是，就連應屆畢業找工作都只有伊甸一家公司錄取我，途中轉職又能找到什麼能做的工作。

「啊、朋香。」

端著托盤的桐山叫住我。他是在眼鏡賣場ZAZ工作的男生。比我大四歲，今年二十五歲的他，是我在這職場唯一能安心說話的對象。

桐山四個月前調來這裡。其實他不是伊甸的員工，而是隸屬ZAZ眼鏡公司，所以有時會去其他分店支援，我們已經好一陣子沒說到話了。

托盤上放著炸竹筴魚定食和肉片烏龍麵。桐山很瘦，但很能吃。

「我可以坐這嗎？」

「嗯。」

桐山在我對面坐下來。細細圓框的眼鏡很適合他，眼底透露一股溫柔。我心想，這份工作完全是為他量身訂做的。這麼說來，之前好像聽桐山說過，他在進ZAZ前，原本從事另一份工作。

「桐山，你上一份工作是做什麼的？」

「欸？我嗎？做雜誌的啊，有時要編輯，有時還要寫文章。」

「是喔——！」

我很驚訝，原來他曾在出版社工作啊。態度溫和，跟誰都能好好相處的他，看上去瞬間像個熟知各種情報，充滿知性的人。即使已是過去的經歷，職業果然能塑造一個人在別人眼中的形象。

「妳為什麼這麼驚訝？」

「因為，那不是很厲害的工作嗎？」

桐山輕輕一笑，吸一口烏龍麵。

「賣眼鏡也是很厲害的工作啊。」

「說的也是。」

我笑了，咬一口熱狗麵包。

「朋香常常把好厲害掛在嘴上呢。」

「欸，有嗎？」

或許真的有。

沙耶跟我講她男朋友的事時，記得我好像也回了好幾次「好厲害」。我是對什麼覺得「好厲害」呢？有特殊的才能或豐富的知識嗎？畢竟醫生也不是誰都能輕易做的職業。

喝著草莓牛奶，我喃喃自語「會不會在伊甸過完一輩子啊我」。桐山挑起一邊眉毛：

「怎麼啦？想換工作？」

一陣猶豫後，我小聲回答：

「嗯……對啦，最近有在想這件事。」

「還想繼續做服務業嗎？」

「不，下次想坐辦公室了。最好可以穿便服，週末休假，有自己的位子，午餐和同事在公司附近的咖啡店吃，或一起在茶水間講上司壞話什麼的。」

「……怎麼妳描述的場景跟做什麼工作完全無關。」

桐山苦笑著說。有什麼辦法，我自己也不知道那是什麼工作啊。

「朋香是伊甸的正職員工，在這裡工作幾年後就能調回總公司了吧？」

「說是這樣說啦……」

伊甸規定新人進公司後最少要在店頭工作三年。累積第一線的工作經驗後，才能申請回調總公司。到時候可能分發到總務部或人事部吧，要是能進入商品開發部，還有機會做採購和活動企劃的工作。也就是我口中的「坐辦公室」。

不過，實際上我聽說，就算提出申請，能順利調回總公司的人並不多。最有可能的結果，是在店頭累積一定程度資歷後，原地升為「部門主管」。我那看似毫無事業企圖心的上司上島先生就是這樣。看到五年前升上部門主管，今年三十五歲的他，就知道繼續做下去也頂多像他這樣了。說是說升職，工作內容都一樣，增加的只有責任。最討厭的是要管理計時人員，光想到這一點我就害怕。即使薪水會增加一點，我也沒有自信做得來。

我問桐山：

「你是怎麼找到ZAZ的工作啊？」

「在轉職網站上登記，就會收到滿多職缺的喔。再從裡面挑選有興趣的工作。」

桐山點開智慧型手機，操作給我看。

只要填上想從事的職種等條件和自己的工作經驗、技能等，網站就會把符合條件的徵才資訊寄到信箱來。我看了登記範例，項目還滿瑣碎的。包括各種證照、TOEIC分數、有沒有駕照……符合資格的就在四方形空格裡打勾。

「說到技能，我也沒什麼技能啊，只有英文檢定三級的資格。」

早知道就該先考取駕照。在我們老家那邊，沒有車就無法生活，地方上的人高中一畢業就紛紛報名駕訓班。當年早已決定要來東京的我，認為自己沒必要考駕照，整個暑假都在玩。英文檢定也是國中時學校半強迫我們考的，只有三級根本派不上任何用場。

順著登記表格看下去，電腦技能的部分劃分得更細了。Word、Excel、PowerPoint，還有其他我連聽都沒聽過的項目。

說到電腦，我是有一台筆電，短大時用來寫報告和畢業論文用的。可是，開始工作後就沒什麼機會寫那類東西，加上有一天路由器忽然壞了，我懶得買新的，又不知道怎麼設定Wi-Fi，從此再也沒打開過。就算不用電腦，手機也能完成大部分的事。

「用Word打文章我還可以，Excel就不懂了。」

「要坐辦公室的話，最好學會用Excel喔。」

「可是去補習好像很貴。」

聽我這麼一說，桐山給了出乎意料的回應。

「不用去補習班，公民館或區民中心不是常有這類教室嗎？開給當地居民的電腦教室，費用也很便宜。」

「欸，是喔？」

把吃完的麵包空袋子捲起來，我看了一眼手錶，休息時間剩下不到十分鐘了。還想去上個廁所，至少得在三分鐘前回到收銀櫃檯，不然會被沼內小姐罵。

喝光草莓牛奶，我站起來。

那天晚上，我在手機裡打上自己住的「羽鳥區」和「區民」、「電腦教室」等關鍵字搜尋，沒想到跳出不少東西。原來還有這一招。

「羽鳥社區活動中心」吸引了我的目光。確認過地址，離我家很近，不用十分鐘就到了。好像是附設在某小學內的社區活動中心。

打開官方網站細看，原來那裡舉辦了各式各樣的講座和活動。將棋、俳句、韻律舞蹈、草裙舞、健康體操。也經常企劃插花教室和各種技能課程等活動。只要是這一區的居民，誰都可以參加。

小學裡竟然有這樣的地方。住在現在這棟公寓都三年了，我卻完全不知道。電腦教室的上課地點似乎是集會室。可以自己帶筆電去，也可以跟中心租借。上課費用一次兩千圓，時間是每週三的兩點到四點。因為是一對一的上課方式，想上的時候上就可以了。值得慶幸的是，我平常休假都在平日，這星期的班表正好就是休星期三。

「歡迎初學者。推薦給想用自己步調學習的人。講師個別指導。從電腦的操作方法，到Word、Excel的使用方法、網站製作到撰寫程式都能學到。講師・權野」

……這樣的話，或許可行。

我打開報名表格，提出申請。明明什麼都還沒做，眼前卻已浮現靈活運用Excel的自己，好久沒這麼興奮了。

兩天後的星期三，我帶著筆記型電腦來到那所小學。

根據網站上的地圖，繞過小學圍牆後，有一條窄巷。似乎要從那裡進去。有了，一棟白色的兩層樓建築，玻璃門上有著像遮雨棚的小屋頂，掛著「羽鳥社區活動中心」的招牌。

我打開門，一進去就是櫃檯，裡面坐著一位滿頭白髮的大叔。他後面是一間辦公室，頭上綁著頭巾的阿姨正在辦公桌旁寫東西。我對大叔說：

「不好意思，我是來上電腦課的。」

「喔喔，那妳先填一下這個。電腦課在集會室A上。」

大叔指了指櫃檯上的夾板，上面夾著一張表格，得在上面填寫訪客姓名、來訪目的和入館及離開的時間。

集會室A在一樓。經過櫃檯之後，前面有個像大廳的空間，從那裡右轉就是了。拉門敞開著，看得到裡面。兩張相對擺放的長桌旁，已經坐著一個看上去比我年紀大一點，頭髮蓬蓬的女生，還有一個方臉爺爺。兩人坐在面對面的位子，各自打開自己的電腦。

我原本以為擔任講師的權野老師是男人，沒想到是一位五十五歲左右的女士。我一自我介紹「我是藤木」，權野老師就露出爽朗的微笑。

「自己找喜歡的位子坐。」

我在頭髮蓬蓬的女生坐的那條長桌最邊邊的位子坐下。方臉爺爺和這個女生都不太在意我的樣子，專注在自己的電腦上。

打開自己帶來的筆電。以防萬一，我在家還先久違地試著開機了一次。大概因為連充電都很久沒充的關係，花了好一段時間才完成開機，除此之外倒是沒什麼太大問題。

不過，或許現在都用智慧型手機的緣故，我完全忘了怎麼用鍵盤打字。早知道連Word都該先練習一下再來。

「藤木小姐，妳想學Excel對吧？」

她會這麼問，或許是因為報名時，我在表格中寫了希望老師教我用Excel的緣故。權野老師走過來窺看我的電腦螢幕。

「是的，不過我的電腦裡沒有裝Excel。」

權野老師掃一眼螢幕，點了幾下滑鼠。

「有裝喔，我幫妳設成捷徑吧。」

螢幕角落出現一個綠色的四方形圖示，上面有表示Excel的「X」。

我很訝異，這台電腦竟然偷偷裝了Excel。

「我看妳好像會用Word嘛，就想說電腦裡應該有Office才對。」

電腦裡有辦公室[1]？我完全聽不懂她在說什麼，不過太好了。這麼說起來，當初念短大時，我自己不會設定，連Word也是請班上同學幫我裝的，什麼都靠別人幫忙的下場就是這樣。

接下來兩小時，我在老師的指導下從零開始學Excel。雖然老師不時也會走到其他兩個同學身邊，對新來的我還是特別關照。

最令我驚訝的是，在Excel裡只要打上幾列數字，再拉滑鼠把打了數字的欄位全部框起來，就能得到數字的總和。我深受這方便的機能感動，發出驚嘆的「欸！」惹得老師一陣苦笑。

在我按照老師指示練習操作時，其他同學和老師的對話傳入耳中。另外兩人似乎都來上過好幾次課了。方臉爺爺正在製作與野花相關的網站，頭髮蓬蓬的女生則打算開一間網路商店。

……就在我渾渾噩噩過日子的時候，離自己這麼近的地方，這個小小的房間裡，竟然有如此積極學習的人們。這麼一想，愈來愈覺得自己不中用。

快下課時，老師對我說：

「我沒有特別準備講義，但可以推薦妳看什麼書。不過，不限於我推薦的書，妳也可以去書店或圖書館找自己覺得好用的工具書。」

老師舉起一本電腦教學書給我看，笑著繼續說：

「還有，這間活動中心裡，也有圖書室。」

圖書室。

這溫柔的發音，令人感覺回到學生時代。圖書室。

「那裡可以借書嗎？」

「是啊，只要是區民都可以借，借書期限記得是兩星期吧。」

我先抄下老師推薦的書名，闔上筆電走出集會室。

❶日語中的「辦公室」也直接用了外來語Office。

圖書室在一樓最裡面。

途中會經過兩間集會室和一間和室，茶水間隔壁那間似乎就是圖書室了。

門口上方掛有寫著「圖書室」的牌子，拉門大大敞開。

探頭往裡面一看，和普通教室差不多大的空間裡林立著書架。進門左手邊就是櫃檯，「借書．還書」的牌子放在角落。

身穿藍色圍裙的嬌小女孩正將文庫本放回櫃檯前的書架上，我下定決心向她開口：

「不好意思，請問電腦相關的書放在哪裡？」

女孩猛地抬頭，一雙眼睛大得嚇人，年紀很輕，看上去跟高中生差不多大。馬尾晃啊晃的，掛在胸前的名牌上寫著「森永希美」。

「電腦相關的書是嗎？在這邊。」

森永希美小妹手上還拿著幾本文庫本，就這麼走過閱讀桌旁，帶我來到靠牆的一個大書架邊。

上面按照「電腦」、「語學」、「證照」分門別類，一目了然。

「謝謝妳。」

我看一眼書架，希美笑著說：

「需要諮詢的話也有圖書管理員喔，在裡面。」

「諮詢？」

「對，不知道自己該借哪本書的話，提出諮詢她就會幫忙查。」

「謝謝妳。」

我對希美點個頭，她也輕輕低頭致意，走回文庫本書架。

瀏覽電腦相關書籍的書架，沒找到權野老師推薦的那本書。我自己又完全不知道該借哪本好，決定去問圖書管理員。

她剛才是說裡面吧？再次走回櫃檯前，往圖書室裡面看，有一道屏風。屏風後的天花板下掛著一塊寫著「諮詢區」的板子。

我走到那裡，睜大眼睛往屏風後面看。

圖書室管理員就坐在屏風與L形櫃檯中間。

那是個非常……非常魁梧的女人。與其說肥胖，不如說魁梧。下巴和脖子中間沒有界線，皮膚很白，米色圍裙上還罩了一件純白的開襟粗毛線衫。那模樣就像洞穴裡冬眠的白熊。梳得緊緊的頭髮在頭頂紮成一顆小團子，上面插著一根髮簪。髮簪末端綴著高雅的白花，還垂著三股流蘇。她低著頭不知道在做什麼，從我這裡看不清楚。

掛在脖子上的名牌寫的是「小町小百合」，這名字也太可愛了吧。

「請問……」

我走上前開口，小町小姐只朝我翻了翻眼皮。她有一雙三白眼，在那犀利的視線注視下，我不禁縮了縮身子。隔著櫃檯，終於看清她手邊有個明信片大小的墊子，而她拿著針在戳上面幾顆揉成球狀的東西。

我差點發出驚呼。這是在做什麼啊？對誰的詛咒嗎？

「啊、沒、沒事……」

我正想趕快腳底抹油，小町小姐就說了：

「妳在找什麼？」

我被那聲音抓住了。

明明是毫無抑揚頓挫的語氣，卻帶有一種將人包圍的溫暖，使我停下就要離去的腳步。小町小姐連笑也不笑一下的這句話裡，有著不可思議的穩定安心感。

……在找什麼？

我在找的是什麼？

我想找的，是工作的目的或自己能做什麼，這類的東西。

可是就算這麼跟小町小姐說，也不可能得到答案。我再笨都知道，她問的不是這個意思。

「……那個……我在找……電腦教學相關的書……」

小町小姐把旁邊一個深橘色的小盒子拉過來。那是一種叫「Honey Dome」的甜點盒子。Honey Dome是西點店吳宮堂的長銷商品，我也很喜歡吃這種圓頂狀的軟餅乾。雖然不是什麼高級點心，也不是隨便在便利商店就能買到的東西，就是這種稍微犒賞自己的感覺特別好。

打開盒蓋，裡面有小小的剪刀和針。看來小町小姐是把盒子拿來當針線盒了。將手上的針和毛球收進盒子裡，小町小姐凝視著我說：

「妳要用電腦做什麼？」

「先學會Excel之類的吧，至少要能勾選為自己會的技能項目。」

小町小姐複誦一次「技能項目」。

「我打算在求職網站上登記啦。現在的工作，我找不到成就感或工作的目的。」

「妳現在從事什麼工作。」

「不是什麼了不起的工作。只是在綜合超市的女裝賣場賣衣服而已。」

小町小姐歪了歪頭，插在丸子頭上的髮簪花飾閃閃發光。

「自己的工作……在超市當販售員的工作沒什麼了不起，妳真的這麼認為嗎？」

我一時之間說不出話。小町小姐默不吭聲，像在安靜等待我的回答。

「因為……這種工作誰都能做啊。不是讓人非常想做的工作，也沒有夢想之類的東西，感覺只是懵懵懂懂進了公司。可是不工作的話，一個人住的我要靠誰養？」

「但是，妳不也好好參加了就職活動，順利獲得錄用，每天努力工作養活自己了嗎？很了不起啊。」

我有點想哭。從來沒有人像這樣直率地肯定我。

「說是養活自己……只是去便利商店買麵包吃而已。」

為了掩飾內心的激動，我說了文不對題的話。所謂的養活又不是那個意思。

小町小姐朝跟剛才相反的方向歪頭：

「總之，不管動機是什麼，想學習新事物的心態都是很好的喔。」

小町小姐面向電腦，雙手擺上鍵盤。

接著，只聽見一陣答答答答的聲音，她的雙手以飛快的速度敲打鍵盤。那速度快得教人目不暇給，我差點嚇傻。

最後一聲「答」結束，那雙手輕輕揚起，瞬間，旁邊的印表機動了起來。

「既然是Excel的初學者，看這些應該就夠了。」

小町小姐將印表機印出來的一張紙交給我。上面的表格裡列出書名與作者。旁邊的數字大概是分類編號和書架的編號吧。在《從零開始的Word &Excel入門》、《你的第一本EXCEL教科書》、《EXCEL節省時間快速方便》、《簡單Office入門》等書的最下面，出現一行性質迥異的文字。

《古利和古拉》。

我錯愕地望著那五個字。

難道是那本《古利和古拉》？主角是兩隻野鼠的那本繪本？

「喔喔，還有——」

小町小姐稍微轉動迴轉椅，朝櫃檯下方伸手。

我稍微往前探身去看，看見那裡有個木製抽屜櫃。總共有五層抽屜，小町小姐打開最上層。從這邊看不清楚是什麼，只看見裡面塞滿一團一團五顏六色的東西。小町小姐從裡面捻起一個，朝我遞過來。

「來，請收下。妳的話，應該就是這個了。」

小町小姐將那東西輕輕放在我不假思索攤開的手掌上。是一個和五百圓硬幣差不多大的黑色圓形物體，還附有握柄。

……平底鍋？

原來是平底鍋形狀的羊毛氈。鍋柄的末端鑲著一個小金屬環。

「請問……這是？」

「贈品。」

「贈品？」

「借書附帶贈品不是比較好玩嗎？」

我盯著那小小的平底鍋看。書的贈品。也罷，確實很可愛啦。
小町小姐又從Honey Dome的盒子裡拿出針與毛球。
「妳玩過嗎？羊毛氈。」
「沒有，不過在Twitter上看過就是了。」
小町小姐舉起手中的針給我看，手持的這頭末端呈直角彎曲，另一頭的細針尖端則有幾個突起。
「羊毛氈這東西啊，很不可思議呢。只要用針這樣一點一點戳個不停，就會變得立體。以為只是在戳，其實針尖有點小機關，能纏繞細細的羊毛，加以塑型。」
小町小姐這麼說著，又開始拿針在毛球上戳起來。這個平底鍋也是小町小姐做的吧。抽屜裡一定還有數不清的羊毛氈作品，都是她要拿來當贈品的嗎？
一副「已經完成圖書室管理員使命了」的模樣，小町小姐專心戳起羊毛氈。雖然還想問她很多事，又不好意思打擾，只好說聲「謝謝您」就離開了。
希美告訴我表格上標號的書架是哪一個，我自己對照表格上的書名，選了其中看起來比較好懂的兩本。

然後，是編號只差一號的《古利和古拉》。

這本書幼稚園時我讀了好多次。印象中母親也曾讀給我聽過。可是，為什麼是繪本？小町小姐是不是打錯了？

靠窗的地方用矮櫃圍出一塊區域，矮櫃裡放的都是繪本和童書。地板上鋪著泡棉材質的地墊，進去要先脫鞋。

在可愛的繪本環繞下，心情變得安寧祥和。架上共有三本《古利和古拉》。大概是經典繪本又很受歡迎，才會採購了這麼多本吧。不如借來看好了，反正不用錢。

我帶著兩本電腦教學書及《古利和古拉》，走到櫃檯邊拿給希美，出示健保卡辦了借書證，借回這幾本書。

回家路上繞到便利商店，買了肉桂捲和冰拿鐵。

邊看電視邊吃完這些後，又想吃鹹的東西，就從餐具櫃裡的泡麵堆中拿出一碗杯麵。看看時間，已經六點了，不如用這當今天的晚餐吧。

把水裝進燒水壺，打開火，從包包裡拿出借來的書。電腦教學書。腦中試著想像學會這些技能後，在辦公室裡操作電腦的自己。

還有另外一本。《古利和古拉》。

堅固的白色硬殼封面。小時候總覺得這本書很大，現在重新拿在手裡，也只不過跟一般筆記本大小差不多。或許因為是橫開本的關係，感覺起來比較大。

手寫字體的書名底下，畫著兩隻看起來感情融洽的野鼠，一起扛著大大的籃子，看著對方走路。兩隻野鼠穿戴同款式的衣帽，只是左邊那隻是藍色，右邊那隻是紅色。

誰是古利，誰是古拉呢？沒記錯的話，應該是雙胞胎吧。

仔細一看，書名裡的「古利」是藍色字，「古拉」則是紅色字。

喔，應該就是這麼回事了吧。

發現這件事，讓我情緒莫名高漲。知道這點之後，也比較容易投入故事之中。

翻閱書頁，跟著畫面往下看。古利和古拉走進森林。沒錯沒錯，他們發現一顆很大的蛋……故事最後的跨頁上，畫著大大的平底鍋，裡面高高堆放看似鬆餅的東西。

這麼說起來，圖書室管理員小町小姐也給了我一個平底鍋。想著這件事，我讀起這兩頁的文字。

「金黃色的蛋糕，露出了胖嘟嘟的大臉來。」

看到這行字，我有點吃驚。

欸，是蛋糕嗎？我一直以為那是鬆餅。

翻回前面，古利和古拉「烹調」的地方。雞蛋、砂糖、牛奶和麵粉。攪拌之後，用平底鍋烤。沒想到烤蛋糕這麼簡單。

「嗶——」水壺發出聲音。

我站起來關火，撕開杯麵的包裝。

明明讀過很多次，原來還是會忘記。或許應該說，當年也沒認真記內容。不過，長大之後重新閱讀孩提時代的繪本真有趣。也有新的發現。

將熱水注入杯麵，正蓋上蓋子，電話就響了。

看一眼手機，是沙耶打來的。她很少直接打電話，會打電話來只有兩個可能，不是心情很低落，就是很幸福。

對著已經注入熱水的杯麵猶豫了三秒，我接起電話。

「啊、朋香，不好意思突然打來，妳今天休假對吧？」
「嗯。」
沙耶用抱歉的聲音說。
「對不起啦，有點事想找朋香商量，妳現在可以講話嗎？」
「可以啊，怎麼了？」
我一準備好聆聽，她的語氣就突然變了「那個啊……」
「下個月不是耶誕節嗎？我跟男朋友講好，要事先告訴對方自己想要什麼禮物啦。妳覺得我該說自己想要什麼才好？要求太貴的東西顯得我很勢利，太便宜的東西又怕他反而對我失望。朋香妳比較有品味，能不能給我一點意見……」
……今天是幸福的那一種。
一想到杯麵的下場，我就有點後悔。早知道是要講這個，我不如先吃完泡麵。事到如今又不能叫她等一下再打來，於是只小聲回答了「喔——」把手機開成擴音模式，放在矮桌上。一邊有一搭沒一搭地回應沙耶，一邊剝開免洗筷，小心不發出聲音地吃麵。大概察覺我聲音裡的沒勁，沙耶說：
「咦？妳在忙嗎？妳在做什麼？」

我正要吃泡麵。不、應該說已經在吃了。為了不讓她發現，我只好說：

「沒有啦，沒關係。我只是在看繪本，古利和古拉。」

「古利和古拉？那個野鼠煎蛋捲的故事？」

我感覺自己略勝一籌。至少我以為的鬆餅比較接近正確答案。

「才不是煎蛋捲咧，是蛋糕。」

「欸？是喔？可是，不是說走在森林裡遇見一大顆蛋嗎？」

「是這樣沒錯，可是兩個人討論著要做什麼，最後做了蛋糕。」

「咦——是蛋糕喔？這是平常有在做菜的人才有的想法呢。要是不知道蛋能拿來做什麼，一定想不到這個。」

原來還有這種思考方式啊。

我一口喝掉杯麵裡的湯，沙耶繼續說：

「果然朋香就是不一樣。假日讀繪本什麼的，超時髦又知性。東京的人都這樣嗎？」

「不知道耶，不過這邊確實也有繪本咖啡廳就是了。」

我含混其詞。沙耶高中畢業後，直接在家裡的五金行幫忙。她一直把我想成將東京這個未知的世界傳遞給她的都市人。

「好厲害喔，朋香。妳是我們大家的希望呢。出了家鄉，在東京成為女強人。」

「也沒有啦。」

我一邊否認，一邊受罪惡感折磨。沙耶的天真與直率，像一面映出我醜陋內心的鏡子。

我跟沙耶說我從事「服飾業」。這是我能想出最接近實情的說詞，畢竟真的是在賣衣服，也不能說是騙人。只是，我沒說出伊甸的名字。不然只要上網一查，真相就會曝光。

我之所以沒有疏遠沙耶，並非出於友情，或許只因為她是會說著「好厲害」捧我的人。我大概需要一個打腫臉充胖子的對象，而沙耶會為我創造出那個我想成為的模樣。

讀短大的時候，她的讚美讓我飄飄欲仙，也成為鼓舞我的動力。可是最近，聽到她說我「好厲害」時，我開始感到難受。

懷著贖罪的心情放下筷子，我整整聽沙耶放閃了兩小時。

隔天早上睡過了頭，頭髮都沒好好梳也沒化妝就衝上電車。

昨晚躺上床後滑了一下子手機，結果就睡不著了。從開始看喜歡的偶像影片就是個錯誤，回過神來已經凌晨，整個人睡眠不足。偏偏今天我又輪值早班。

店鋪開門後，我一邊強忍呵欠一邊蹲著整理下層貨架的商品，頭上忽然傳來怒罵聲。

「找到妳了！喂，就是妳啦！」

尖銳刺耳的嗓音。我蹲著朝聲音方向轉頭，一頭亂髮的女人雙手扠腰，岔開雙腿站在那裡低頭睥睨我。

是幾天前問我紫紅色好還是咖啡色好的那位客人。

我急忙起身，客人把紫紅色的毛衣塞到我手上。

「這是什麼意思？竟敢賣瑕疵品給我！」

瞬間全身發涼。瑕疵品？到底什麼情況？

「放洗衣機一洗，怎麼縮成這樣了啊！我要退貨，退錢給我。」

剛才發涼的身體瞬間發燙，回應的語氣也不客氣起來。

「已經洗過的商品無法退貨喔。」

「是妳說這件好，我才買的耶！妳要負責！」

這根本是強詞奪理。過去多多少少也遇過客訴，還是第一次遇到這麼不講理的人。

勉強維持鎮定，腦中展開思考。研習時應該有學過才對，遇到這種客人時，該怎麼做才好。然而，怒意壓過了困惑，大腦一片空白，連一個應對法都想不起來。

「賣這種爛東西給我，妳是不是瞧不起人！」

「沒有這回事。」

「我跟妳無話可說，叫妳上面的人來。」

腦袋深處傳來斷線的聲音，瞧不起人的是對方吧！

要是「上面的人」能處理，我也希望讓他處理啊。運氣不好的是，部門主管上島先生今天值晚班。

「他下午才會進公司。」

「喔？是嗎？那我下午再來。」

客人掃了一眼我的名牌，丟下一句「妳叫藤木是吧！」就走了。

老家夥伴們口中「大家的希望」，在東京當上女強人的我，正面對不講理的客訴，被痛罵無能，氣到哭泣發抖。

這副模樣，絕對不能被沙耶看見。

我是那麼努力用功念書才脫離鄉下來到東京，結果卻落得這副德性。

十二點上島先生一來，聽了我的報告就皺著眉頭說：

「妳怎麼連這種事都處理不好。」

縱然對他不抱期待，說這種話也太過分了吧。另一種和面對客人時不同的憤怒翻湧。

這時，路過的沼內小姐瞥了我們一眼。真討厭，這件事不想被沼內小姐知道啊。她一定會認為我是沒用的正職員工，一想到這我就受不了。

就這樣悶悶不樂地來到了休息時間。

今天早上差點遲到，就沒去便利商店了。心想包包裡還有一袋洋芋片，吃那個當午餐好了。這才想起前天晚上在家早就把那包洋芋片吃掉了。午餐該怎麼辦好呢？公司禁止職員穿制服去食品賣場，也不能穿著制服在外面閒晃。現在的我，就像包頭鞋裡的腳趾一樣侷促。

不過，或許因為心情沉重的關係，肚子一點也不餓，也提不起勁換回便服去員工餐廳。這時，忽然看見那扇通往逃生梯的門。這扇門是可以打開的嗎？

伸手推門，「嘰噫」一聲開了。說來也是理所當然，既然是逃生梯的門，怎麼可能打不開。

風從外面吹進來，我逃也似地跑出去。

「啊。」

「啊。」

兩人同時發出聲音。在那裡的人是桐山。只見他坐在樓梯間的地板，腳放在階梯上。

「被發現了。」

說著，桐山笑了起來，取下耳朵上的無線耳機。大概用手機在聽音樂吧，一隻手上還拿著文庫本。身旁放著寶特瓶裝茶和兩個鋁箔紙包住的圓球。桐山抬頭看我說：

「怎麼了？跑到這種地方來？」

「……桐山不也是嗎？」

「我其實算是這裡的常客了，像是想一個人獨處的時候就會來。今天天氣又這麼好，像春天一樣。」

說著，桐山指著鋁箔紙包住的圓球說：

「飯糰，妳要吃嗎？是我做的，不嫌棄的話。」

「桐山自己做的嗎？」

「嗯。剛才吃掉一個，所以我最推薦的鮭魚口味已經沒了。剩下的是烤鱈魚卵口味和昆布口味，妳要哪個？」

肚子忽然餓起來。剛才明明一點食慾都沒有的。

「…………烤鱈魚卵。」

「坐啊。」桐山這麼說，我就在他身邊坐下來。

接過飯糰，剝開鋁箔紙，露出裡面用保鮮膜包住的飯糰。我再撕開這透明的包裝。

「你會做菜啊。」

聽我這麼一說，桐山只短短回答：「現在會自己做了。」

咬一口飯糰，米飯裡加入的鹽分適中，很不錯。好吃。顆粒分明的烤鱈魚卵，和捏緊的飯糰形成絕妙搭配。被白色包圍的珊瑚粉紅。我不再說話，專注地吃了起來。

「看妳吃得這麼津津有味，真教人感到欣慰。」

桐山笑了。總覺得精神突然都來了。沒想到效果這麼即時。

「……飯糰真厲害。」

「是不是？很厲害吧！」

桐山的反應超出我的預期。看我顯得有點驚訝，他又說：

「吃飯很重要喔。好好工作，好好吃飯。」

不知怎地，覺得好厲害。他的聲音聽起來有些感慨，於是我問：

「桐山，你為什麼辭掉出版社的工作？」

桐山剝開另一顆飯糰的鋁箔紙包。

「不是出版社，是編輯工作室。員工差不多只有十個人。」

原來如此，原來做雜誌的不限於出版社啊。

社會上有各種公司，也有各種工作。太多我不知道的事。桐山繼續說：

「不只雜誌，應該說什麼都做吧。傳單啦，介紹手冊也做。甚至還打算朝製作影片的方向進行。社長是個不知瞻前顧後的人，什麼工作都接下來，把下面實際執行任務的人累得要死。熬夜是天經地義，在公司用外套打地鋪啦，三天沒洗澡啦都是常有的事。」

桐山雖然在笑，眼神卻望向遠方。

「但是，我一直以為業界都是這樣。連那種工作模式在內，覺得做雜誌的自己很厲害……其實根本搞錯了。」

接下來，桐山沉默地吃了三口飯糰。我也沒有說話。

「……當時連吃飯的時間都完全沒有，身體一大堆問題，辦公室裡到處是營養補給飲料的空瓶滾來滾去。有一次，我看著那些東西，內心浮現疑問，心想自己到底為了什麼工作。」

桐山將最後一口飯糰放進嘴裡。

「工作明明是為了養活自己，到最後卻是工作害得我連飯都沒好好吃，這不是太奇怪了嗎？」

捏起鋁箔紙，桐山喃喃低語「真好吃」。接著又轉向我，語氣開朗地說：

「現在我總算活得像個人了。好好吃飯，好好睡覺，以前看雜誌只會帶著策略性的眼光打量，現在也能打從心底享受看書和看雜誌的樂趣。重新安排每天的生活，調整身體健康。」

「……做雜誌那麼辛苦啊。」

「不、也不全是那樣的公司喔！只是剛好我待的那間公司是那樣而已。」

桐山搖搖手，像要掩飾什麼，也或許是不想讓我抱持偏見吧。我想，他一定還很喜歡編輯雜誌的工作。只是太嚴苛的工作狀況，消磨了他原有的熱情。

「再說，我並不願意否定那間公司和在那裡奮鬥的人們。只要自制力足夠，也有人適合用那種方式工作。有些人就是要泡在工作裡才會覺得生活過得充實。只是我自己不是那樣的人罷了。」

桐山慢慢喝口茶。

我小心翼翼問：

「眼鏡行和原本的職業種類完全不同吧？你對這點不曾有所不安嗎？」

「以前，我在雜誌裡寫過眼鏡專題報導，當時曾經花了點心思採訪眼鏡公司，也因此開始覺得眼鏡這東西滿有意思的。這也導致後來我投了眼鏡公司的履歷。面試的時候，主考官正好讀過我寫的那篇報導，當場聊得很起勁。我採訪過的眼鏡設計師，好像還是他的朋友。」

桐山看似很高興地說：

「這種事只能說可遇不可求吧？所以，現在我認為自己必須做的，就是努力投入眼前的每一項工作。只要這樣做下去，過去努力的片段，日後哪天都有可能派上意想不到的用場，或是牽起美好的緣分。老實說，即使現在轉換跑道來ZAZ工作，我也沒有預設好接下來非怎麼樣不可。就算做了決定，也不保證一定能照自己的希望走啊。只是——」

停頓了一下，桐山平靜地說：

「在這個不知道接下來會發生什麼事的世界上，現在該做的，就是現在的自己能做的事。」

這句話彷彿不是對著我說，而是說給他自己聽。

結束休息回到賣場，已經不見上島先生的蹤影。

問了幾位工作人員，才知道他突然說要點貨，不知道跑到哪裡去了。明知是故意逃掉了，但也拿他沒辦法。

下午兩點多，早上那位客人又來了。

「上面的人不在嗎？」

我全身緊繃。不可能接受退貨，該如何說服她才好呢？不管怎麼說，只能硬著頭皮說明了。「現在的自己能做的事」，眼前我該做的，就是這件事。

就在這時，本該站在收銀台內的沼內小姐悄悄走過來。

「這位客人，怎麼了嗎？」

客人大概以為沼內小姐就是「上面的人」，連珠砲似的展開抱怨。語氣不只武斷，又只站在自己的立場說話，把我完全打成了壞人。沼內小姐一臉認真的表情聆聽，不時發出「是」、「對」、「這樣啊」的答腔，似乎打算讓客人說到滿意為止。等客人把想講的話都講完了，沼內小姐才平靜地說：

「所以是這樣，您用洗衣機洗了這件衣服。看到它縮水，您一定嚇了一跳吧。」

客人臉色一變。沼內小姐把毛衣翻過來，露出裡面的洗衣標籤。上面那個把手放進水桶裡的圖示，指的就是「必須手洗」。

「我也常這樣呢，沒好好看洗衣標籤就把衣服丟進洗衣機攪。」

「那是……因為……」

客人吞吞吐吐，沼內小姐用輕快的語氣繼續：

「不過，還是有辦法復原喔。在臉盆裡倒一點潤絲精，用熱水攪散後，把毛衣泡進去。浸一下就馬上拿出來，擰乾水分、攤平晾乾就行了。」

按部就班說明得非常清楚。

「這件毛衣賣得很好，架上只剩這一件呢。這個洋紅色比較特別一點，風格很少見吧？」

「洋紅？」

客人的神情忽然和氣了些。

「對啊，就是這種顏色。」

被這麼一說，紫紅色的毛衣忽然感覺時尚起來。洋紅。確實還有這個說法。

「設計很簡單，跟各種服裝都好搭配，手邊有一件這個啊，絕對不會吃虧的。寬敞的領口設計顯得脖子線條俐落。再說，這種顏色一路穿到春天都很符合潮流。」

「妳說……用潤絲精就能復原了？」

「是啊，我想那樣應該就可以復原了。希望這件衣服能陪您長長久久喔。」

沼內小姐完全掌握了主導權。

客訴的客人漸漸被說服，事情將朝不用退貨的方向解決了。

接著，沼內小姐聲音低了一階，雖然臉上依然保持笑容，語氣卻稍微嚴肅了點：

「如果您還有什麼需求，我會請賣場負責人跟您聯絡，方便留下您的電話號碼嗎？」

安撫客人的同時，還不忘施加壓力。客人顯得有些退縮：「不、沒那個需要。」

太精采了。

我果然鬥不過她，完全不是她的對手。

那之後，沼內小姐繼續與客人隨興閒聊，那位客人似乎完全放下戒心了，在一團和氣中說起自己的事。

原來她和十年不見的朋友相約聚餐，想買件可以穿去赴約的衣服。但是一方面怕踏進百貨公司，一方面又不想搭電車去太遠的地方。她還說自己對挑選服裝的品味沒自信，可是又不想穿得太單調。

沼內小姐示意我去顧收銀台後，向客人推薦起絲巾，還親自示範絲巾的綁法，成功說服客人買下。我光是遠遠地看，也知道這條絲巾和她買的紫紅色毛衣很搭。

和朋友約定見面那天，這位客人一定會一邊對著鏡子綁絲巾，一邊對鏡中的自己微笑。同時，帶著開心的心情去和好久不見的朋友聚餐。

沼內小姐漂亮地完成了一件工作。我真的這麼想。

以為伊甸女裝賣場的工作「沒什麼了不起」，我真是大錯特錯。其實只是我自己「沒做出什麼了不起的工作」而已。

那時，我為了早點去休息，用敷衍了事的態度應對客人。客人一定也感受到了。

客人在櫃檯邊接過裝了絲巾的袋子，笑著說「謝謝」回家了。臉上的笑容，是買了好東西時的喜悅笑容。

我走到正在對客人鞠躬的沼內小姐身邊，一起低頭鞠躬。

確定看不到客人的背影後，這次我轉而向沼內小姐深深低頭。她救了我，真的。

「……謝謝您！」

沼內小姐對我微笑。

「那種時候的客人啊，最難過的是自己說的話沒人聽，自己的心情沒人理解。」

我過去到底都是怎麼看沼內小姐這個人的呢？或許我只是把她想成自以為了不起的計時人員老大罷了。

我或許有某種……某種瞧不起沼內小姐的念頭。只因為自己是正職，只因為自己年輕，就產生了莫名其妙的優越感。對那位客人和員工餐廳的阿姨也是，真是無聊的自尊心。

好丟臉。真的羞恥得想蒙住臉。

我低著頭說：

「還有很多需要學習的地方。」

別這麼說。沼內小姐搖搖頭。

「我一開始也完全不行啊，有些事持續做久了就會懂。只是如此而已。」

持續在這裡服務了十二年，培養出一身本領的珊瑚粉紅。我打從心底認為沼內小姐「好厲害」。

這天因為上的是早班，四點就下班了。

我換上便服，打算去食品賣場看看。受到桐山的激發，想動手做點什麼來吃。

可是，一時想不到該煮什麼好。姑且做個義大利麵吧？不過，想到調味的問題，又猶豫了起來，最後可能只會買加熱就好的義大利麵醬。

手伸進外套口袋，摸到一樣軟軟的東西。是羊毛氈平底鍋。小町小姐給了我之後，就一直放在口袋裡。

對了，不如來做那個吧。

古利和古拉的金黃色蛋糕。

我走進食品賣場前的麥當勞，買了一百圓的咖啡，一邊喝一邊用手機查蛋糕怎麼做。

打上「古利和古拉 蛋糕」，出現的食譜和部落格數量多到驚人地步。原來有這麼多人沉浸在這本繪本的世界，想自己也動手做做看那種蛋糕。

有的說麵粉要過篩，有的說蛋黃和蛋白要分開，還要把蛋白打成拉得出尖角的蛋白霜……光看到這裡我就差點想放棄。但是，打開各種網站看下去，漸漸發現也不是非得用哪種作法不可。各種人想出各種不同食譜，使用的材料分量和作法都各不相同。其中，我找到一個只寫短短幾行的簡單食譜。要是按照這個食譜，麵粉不用過篩，蛋黃蛋白也不用分開。解說的地方寫著「希望盡可能忠於繪本裡的作法」。如果是這樣的話，或許我也做得出來。

對了，現在該做的是現在的自己能做的事。這樣就夠了。

需要準備的東西有平底鍋、碗公和攪拌器。

三顆蛋、麵粉六十公克、砂糖六十公克、奶油二十公克、牛奶三十毫升。

平底鍋似乎最好選用直徑十八公分左右的，鍋蓋也是必備。還有，雖然這裡沒有寫，我還需要買秤和量杯。

說來真的很丟臉，這些東西，現在家裡幾乎都沒有。

以及……

說來真的很棒，這些東西，伊甸都有賣。

久違地，好好站在廚房裡。

把蛋打入碗公，加入砂糖，用攪拌器攪拌。接著，再加入融化的奶油和牛奶。在這個階段就已經散發香甜的氣味了。真不敢相信，我竟然在做甜點。

再來是將麵粉加入碗公中攪拌。拿著攪拌器在碗公裡轉動，發出唰啦唰啦的聲音，令人湧現一股自己非常具有生產力的心情。

把平底鍋放在瓦斯爐上，開火，塗抹一點奶油，再把麵團倒進去。蓋上蓋子，轉最小火慢慢燜烤。剩下的就是一邊看狀況，一邊等待三十分鐘左右即可。

雖然家裡的瓦斯爐只有一口，幸好不是電磁爐。感覺應該會成功。

沒想到在這狹窄的廚房裡，也能輕易烤出蛋糕！

我挺厲害的嘛！毫不猶豫地，我這麼想。

興高采烈地捏緊雙手，這才發現手上都是麵粉。為了洗掉麵粉，走向洗臉台。

轉開水龍頭，不經意瞥向鏡子。我定睛凝視鏡中自己的臉。

或許因為老是吃泡麵和便利商店的鹹麵包，皮膚顯得很粗糙。冰箱裡空蕩蕩的，只有早就過了賞味期限，派不上任何用場的調味料。由於睡眠不足，氣色也很差，生活過得有氣無力也是理所當然。

不只是食物。地板上積著一層塵埃，窗戶也很髒。洗好的衣服掛在房裡沒收下來過，養成要穿的時候才直接拿下來的壞習慣。架子上散亂著各種東西。變硬打不開的指甲油、三個月前的電視雜誌和半年前一時興起買了卻一直沒打開的瑜伽DVD。

過去我到底是對自己多草率。無論吃進嘴裡的東西或穿戴在身上的東西，都沒有好好看待，對自己敷衍了事。雖然定義有些不同，我也跟桐山說的一樣，「活得不像個人」了吧。

我仔細洗手，想利用等待蛋糕烤好的時間快速打掃一下房間。把晾乾的衣服折疊好，用吸塵器吸地板。一旦做了下去，身體就會自己動起來。原本總以為打掃房間會是一大工程，出乎意料的，狹小的房間一轉眼就整理好了。

視野變開闊的小套房裡，飄散著輕柔香甜的氣味。回到廚房察看蛋糕的狀況，只見黃色的麵團開始膨脹隆起，幾乎要撞上玻璃鍋蓋。

「……好厲害！」

我情不自禁發出歡呼。就像繪本裡畫的，麵團真的好好地膨脹隆起了。

太高興了，打開蓋子看看。麵團邊緣已經凝固，頗有蛋糕的樣子了。但是冒著泡泡的中央部分還有一半是液狀，所以我重新蓋回蓋子。

我或許已經朝「活得像個人」的生活邁進了一點。這麼一想，就覺得鬆了一口氣。

靠著牆壁坐在地上，打開《古利和古拉》。

朝森林深處出發的野鼠，古利和古拉。

要是撿到滿滿一籃橡實，就放好多好多糖，煮得甜甜的。

要是撿到滿滿一籃栗子，就蒸得軟軟的，做成栗子奶油。

啊，我不由得驚呼。

古利和古拉不是為了找蛋才去森林的，更別說一開始也沒打算做蛋糕。他們大概只是為了去撿拾平日吃的橡實和栗子，和平常一樣。到了森林裡，才意外遇見了好大好大的蛋。

「要是不知道蛋能拿來做什麼，一定想不到這個。」我想起沙耶說的話。是啊，就是這樣。在遇見好大好大的蛋之前，他們早已不知在哪裡學會了學會做蛋糕的方法。

我內心一陣雀躍。感覺就像自己掌握了什麼。

抱著激動的心情回到廚房，空氣中飄散的香氣比剛才更濃了。打開鍋蓋，我卻倒抽了一口氣。

原以為會膨脹起來的中央部分竟然凹陷下去。幾乎要溢出平底鍋的麵團，變成焦黑一片。

我嚇一跳，趕緊拿盤子來，將鍋中麵團倒扣。與想像中的垂直向上隆起不同，那團向四面八方擴散攤平的物體，整個底部都焦黑了。離開平底鍋的瞬間，更是萎縮得比剛才更乾扁。

「……這什麼東西啊？」

撕下邊角吃吃看，一點也不像蛋糕。黏糊糊的，又硬得像橡皮筋。

到底是哪裡做錯了呢？明明都照食譜步驟做了啊。

咀嚼那甜得過頭的詭異團塊，我突然覺得滑稽，忍不住笑出來。

心情一點也不難過，反而一陣愉快。因為整理好的房間和流理台裡的烹飪用具，都沒能讓我感到悲慘。

好，來扳回一城吧。

只要接下來能好好學會就好。

那之後一星期，一下班我就立刻回家，沉迷於做蛋糕。彷彿這件事是每天必做的日課。

從網路上蒐集來的資訊中，我找到幾個改善方法。

雞蛋從冰箱拿出來後，要先恢復常溫再使用。烤蛋糕時，可不時拿條溼布放在鍋蓋上散熱。

光是多做這兩件事，成果就已經好很多了。不過，還是做不出想像中那樣蓬鬆柔軟的蛋糕。到了這個地步，當初光看就覺得麻煩的「麵粉過篩」和「將蛋黃蛋白分開，蛋白打成蛋白霜」的步驟也不以為苦了。

我奮發圖強，買了新的烹飪用具。雖然在打蛋白霜這件事上陷入苦戰，麵團確實比之前綿密多了，感覺很不錯。可是還不夠。內心湧現想追求更完美成果的欲望。

到最後，我終於豁出去買了食物攪拌機，只為了想做出漂亮的蛋白霜。

嘗試了無數次後，漸漸掌握調整火候的訣竅與散熱的時機，也才知道一開始我以為的「小火」其實還太大。這種「斟酌拿捏」，要靠自己親身體驗才能掌握。

——有些事持續做久了就會懂。

沼內小姐說的那番話，就是這個意思啊。

還有另一項變化。為了做蛋糕，我開始下廚了。雖然只是簡單的東西，也會自己動手煮晚餐。比起烤出完美的蛋糕，切菜切肉、或煮或炒都簡單又好學。有電飯鍋就能煮出好吃的白飯，吃剩的菜用小保鮮盒裝起來，和飯糰一起帶到公司。看到我午休時間吃這個，桐山露出非常驚訝的表情。我自己也很驚訝，不過用心生活了幾天，身體和心靈都恢復了顯著活力。

今天是第七天，站在廚房那一瞬間，我就直覺「會成功」。

將今天之前的失敗與成功集大成，使盡渾身解數的作品。

打開鍋蓋，我終於能夠滿意點頭，同時發出聲音說：

「金黃色的蛋糕，露出了胖嘟嘟的大臉來。」

我直接從平底鍋裡，撕下一塊與繪本裡一樣的蛋糕，放入口中。

鬆軟美味。

我也能辦到。讓森林裡的夥伴們睜大眼睛的蛋糕。

眼淚漸漸盈滿眼眶，我堅定決心。

今後一定要……

自己好好養活自己。

把切好分裝的蛋糕分給桐山，他用打從心底佩服的語氣說：「好厲害喔！」

我當仁不讓地收下這句話。

我想看到他露出這樣的笑容。想答謝他請我吃飯糰的事。發現自己或許因為這樣才這麼努力，胸口揪了一下，甜甜的也痛痛的。

還有另一個人。

回家前，我在放置物櫃的房間將蛋糕交給沼內小姐。希望能將那時感謝的心情傳達給她。

「這是古利和古拉的蛋糕，我試著模仿他們做出來了。」

我這麼一說，沼內小姐就笑開了臉：

「古利和古拉！我小時候好喜歡這本書，讀了無數次！」

「欸，沼內小姐小時候嗎？」

我驚訝地瞪大眼睛，沼內小姐噘起嘴說：

「討厭啦，我也是有小時候的好嗎？」

說的也是。只是很難想像就是了。

一本長年暢銷的繪本，究竟具有多偉大的力量呢？不變的古利和古拉，跨越了好幾個世代，培育著讀者。

沼內小姐看著半空，像在回憶什麼。

「我最喜歡那本繪本的地方，就是『用普通方法無法解決』這一點。」

「咦？是這樣的故事嗎？」

我歪了歪頭，沼內小姐用力點頭。

「對啊。蛋太大顆了，表面又很光滑，沒辦法搬運。蛋殼太硬了，無法輕易打蛋。還有放不進後背包的平底鍋，難題接二連三不是嗎？」

跟桐山聊到《古利和古拉》時，他形容這本書是「動物們聚集在森林裡吃蛋糕的繪本」。明明只是短短一個故事，每個人對這本書卻都有不同的解讀。真有趣。

沼內小姐又興奮地接著說：

「所以，古利和古拉一下想這個方法，一下想那個方法地討論、互助合作，那一段我真是太喜歡了。」

說完，她對我咧嘴一笑：

「看吧？工作只要互助合作就能完成嘍。」

星期四。這天排休的我，去了社區活動中心的圖書室。為了歸還借來的書。

從那天起，正好經過兩個星期了。

我在那個贈品平底鍋的小金屬環上穿了一條吊繩，把它掛在包包上。對我來說，這個平底鍋已經是像護身符一樣的東西了。

在圖書室入口把書還給希美後，我走向小町小姐。

小町小姐和上次一樣，整個人塞在L形櫃檯與屏風中間，拿針的手動個不停。

戳戳、戳戳。反覆戳刺之間，羊毛氈漸漸成型。

一看到我站在眼前，小町小姐就停下手上的動作。我對她點頭鞠躬。

「謝謝您。《古利和古拉》也好，平底鍋也好……謝謝您教會我重要的事物。」

「嗯？」

小町小姐一臉淡然地歪了歪頭。

「我什麼都沒做啊。是妳自己接收了需要的東西而已。」

小町小姐說話的語氣依然毫無抑揚頓挫。

我指著橘色盒子說：

「那個很好吃呢。Honey Dome。」

結果，小町小姐臉忽然紅了，露出開心的表情。

「我最愛這個了。很棒吧？能讓大家幸福的甜點。」

我大大地、大大地點頭。

時間到了。

走出圖書室的我，前往集會室準備上電腦課。

我現在一定剛走入森林。

能做什麼，想做什麼，自己也還不知道。只是，不用著急，不用逞強也沒關係。

把現在的生活打理好，一邊做著自己能力所及的事，一邊將伸手可及的事物學習起來。做好準備。就像在森林深處撿拾橡實和栗子的古利與古拉。

因為，不知道什麼時候會在哪裡遇見那顆好大好大的蛋。

第二章

諒 三十五歲 家具製造商財務部

一開始，是一根湯匙。

那根小小的湯匙是銀製品，扁平的握柄前端呈山形，像一朵鬱金香。

陳列在架上的那根湯匙莫名吸引我。伸手拿下它，仔細一看，上面還刻著山羊的圖案。從大小看來，這應該是一根茶匙吧。我出神地盯著這根湯匙看了好半晌後，繼續拿在手上環顧昏暗的店內。

狹窄的店面，放的總之都是些老東西。懷錶、燭台、玻璃瓶、昆蟲標本、不知什麼動物的骨頭、螺絲釘、釘子、鑰匙……各種褪色的物品，懷抱著厚重漫長的時光，潛伏在裸燈泡的光線下。

那時我還是個高中生，那天早上出門前和母親起了點小爭執，放學不想馬上回家。於是，回家路上就在前一站下了車，到處亂晃。

位於神奈川郊外，離鬧區有一大段距離的地方，那間店隱身於民宅之間。入口處立的招牌寫著「煙木屋」，邊緣還有「ENMOKUYA」的英文字❷煙木屋。透

❷ 煙木屋的羅馬拼音。

過玻璃門可看見裡面的商品，看上去應該是間古董店。

收銀櫃檯裡，有一位戴著毛線帽，臉長長的大叔，應該就是店主了。就像一般老店常見的景象，這位店主本身也散發著古董氛圍。他對我好像沒什麼興趣，我在店裡逛的時候，只顧著重新組裝解體的鐘錶，不然就是修理音樂盒。

一邊在店裡四處走走看看，一邊仍把那根湯匙拿在手上，湯匙沾染了我的體溫，逐漸貼合我的手。考慮了半天，我買下這根湯匙。一千五百圓。雖然不是很懂古董的價值，對一個高中生來說，花這筆錢買湯匙算貴了。即使如此，我就是不想把它放回架上，陷入難分難捨的心情，對它愛不釋手。

付錢時，戴毛線帽的店主說：

「這是純銀的喔，英國製的茶匙。」

「這是哪個年代的東西呢？」

我這麼一問，店主就戴起老花眼鏡，把湯匙翻過來，盯著背面凝神細看。

「一九〇五年。」

我心想，原來標記在背面啊。可是，一旦自己也翻轉湯匙想確認，卻只看到刻著四個字母和圖案，沒有數字。

「您怎麼知道是一九〇五年？」

「呵呵。」

店主這才第一次展露笑容。儘管他沒有回答我的問題，我卻被那表情吸引了。真是非常美好的笑容。

那笑容確實表達了他有多熱愛古董，以及他對自己鑑賞的眼光多麼有自信。我心想，這間店和這個大叔都好帥啊。非常。

回到家，看著有山羊圖案的湯匙，腦中浮現各種想像。一九〇〇年代的英國，是誰，又是如何使用了這根湯匙吃了什麼呢？

或許哪個貴婦人享用下午茶時總把它放在茶杯旁，又或許有哪個溫柔母親用這根湯匙餵年幼的兒子喝湯。這個男孩長大了，變成一位胖胖的歐吉桑，說不定還一直珍惜著使用這根湯匙。又或者，這根湯匙曾經是哪個家裡的三姊妹搶著用的餐具，還是……

想像無邊無際，對著這根湯匙，不管看多久都不會膩。

後來，我常在放學後跑去煙木屋。

店主大叔姓海老川。秋天和冬天戴毛線材質的針織帽，夏天和春天則戴棉質或麻編的針織帽。他很喜歡針織帽。

我在自己零用錢負擔得起的範圍內，買了幾樣小東西。對海老川先生雖然不好意思，也有光看不買的日子。只要置身在那個空間，就能暫時遺忘日常的煩躁，比方說學校裡那些麻煩事、媽媽的嘮嘮叨叨，或是對將來的不安。無論現實生活多難受，推開那扇門時，門內的幻想世界總會接納我。

花了一點時間，海老川先生及常客們漸漸會在看到我上門時，和我說上幾句話，教會我不少古董歷史和用語。

湯匙背後的刻印叫「純度印記」，這也是海老川先生告訴我的。差不多造訪古董店一年左右時，他才終於解釋給我聽。四個刻印分別代表製造廠商、純度、經過正式檢驗的證明，以及製造年分。

「這裡不是有個用方框圍起來的字母n嗎？這就代表一九〇五年生產的意思。」

生產年分的識別方式不是數字，而是將字母的字型與框線結合成刻印來表示。不大剌剌地用數字表示，這點或許正體現了英國人的品味。

「山羊圖案應該是某種家族徽章。不是全體，可能只是其中一部分。」

被他這麼一說，我更珍惜那根湯匙了。並非因為有著可愛的圖案，而是連一根湯匙都能令人感受到屬於那個家族的驕傲。

小小一根湯匙裡，承載了多麼壯大的浪漫情懷啊。我一頭栽進古董世界，對海老川先生懷抱敬意。

可是現在，那間店已經不在了。

高中畢業那陣子，我一如往常前往煙木屋，卻毫無預警地在店門上看見貼著一張「結束營業」的公告。就這樣，我和海老川先生之間的聯繫中斷了。

十八年來，那裡曾經變成美容院，變成麵包店，現在又變成只能停五輛汽車的投幣式停車場。

我已經到不了那扇門後的世界。

所以我才在想，總有一天，自己也要開一間那樣的店。

三十五歲的現在，這個願望還藏在心底某處。

等到哪天存夠了錢，就辭掉公司的工作，找個地方、備齊商品，總有一天，總有一天。

——「總有一天」到底哪天才會來臨呢？

大學畢業後，我順勢離家搬到市區內租屋，進了一間家具製造公司，在財務部工作。這間公司並不大，賣的也不是高級品，但是價格實惠、風格休閒的家具反而常年都有人買，公司的經營說起來算是四平八穩。

「這個要怎麼弄啊？」

部長田淵先生從斜後方的位置轉身，臉朝向我這麼問。

最近，公司裡所有電腦一齊更新了軟體，他好像還搞不清楚用法。田淵先生一遇到問題就會來問我，已經不知道問幾次了。正在檢查支出統計表的我，只好停下手邊工作站起來。

一邊暗忖「同樣的事昨天不是也問過了嗎」，一邊站在田淵先生坐的椅子後方告訴他操作步驟。田淵先生頻頻點頭，大聲地說「喔——喔——是這個啊！」

「謝啦，浦瀨。你真能幹。」

抖動豐厚有彈性的嘴唇，田淵先生這麼說。我回到自己座位繼續手邊的工作。

我不討厭處理數字，但是財務部的工作無法左右企業整體經濟狀況，充其量只能調整，不用面對賭注或挑戰。這份工作淡然又枯燥，不需要燃燒熱情，只要能看透這一點，做起來倒也輕鬆。

「浦瀨，明天要不要去喝兩杯？記得上個月去過的那間大船亭嗎？那邊正在舉行開幕三週年紀念，啤酒有特價喔。」

田淵先生這麼說，我把視線落在手邊整疊收據上回答：

「不好意思，明天我休假。」

「啊、對喔對喔。」

能用正當的理由拒絕邀約，讓我鬆了一口氣。田淵先生饒舌話多，跟他去喝酒總是很累。但也不能因為這樣就拒絕每天都會見面的上司邀約，我還沒有那種勇氣。十二月又要進入尾牙季了，到時聚餐都非得參加不可，所以現在想盡可能避開。

田淵先生轉一圈旋轉椅，身體朝我湊過來。

「要去跟女友約會嗎？」

「嗯，差不多啦。」

「哇，竟然被我說中了。這下傷腦筋。」

田淵先生拍了拍自己額頭，那誇大的動作雖然不好笑，我還是笑了，出於別種原因。心想糟糕，早知道就不該說這些多餘的話。田淵先生朝我努了努下巴，咧嘴笑問：

「你們交往很久了吧？不結婚嗎？」

「咦？這張單據好像算錯了。銷售部的紺野先生老是犯這種錯，我去請他重寫喔。」

我這麼自言自語著轉換話題，對田淵先生笑一笑。

「很多人都不擅長寫支出統計表嘛。」

田淵先生也笑著重新轉回自己電腦前。

內線電話響起，坐我對面的吉高小姐懶洋洋地接起電話。她是個二十歲出頭的女孩。只見一陣冷淡的應答後，吉高小姐按下保留鍵對我說：「浦瀨先生，你的電話。」

「欸？誰打來的？」

「我沒聽清楚，一個男的。」

「……謝謝。」

我拿起話筒，原來是海外事業部打來的電話。因為公司要從英國進口新的家具，對方想請財務部擬預算案。這明明是田淵先生該負責的事，其他部門的人不知為何多半先問我。或許我個性軟弱，對我就能強硬開口了吧。

我再次按下保留鍵，問田淵先生：

「部長，英國品牌的預算案，您準備好了嗎？海外事業部說明天開會要用。」

「那個喔——我實在搞不清楚耶。用的是英鎊不是美元，搞得很不習慣。我又不像浦瀨你英文這麼好。」

他故意用求助的眼神看我，我在心中大嘆一口氣。

「……沒關係，我來吧。」

「不好意思呢，下次我請客。」

田淵先生輕輕舉起一隻手致意。吉高小姐剪起了髮尾的分岔。

上司無能或後輩工作沒幹勁這種程度的事，還不到教人苦惱的程度。可是，每次這種時候，我就好想辭職。

我不擅長與人交際，進公司之後，如願被分配進財務部而不是業務部，對我而言很幸運。可是，現在的我已經明白，無論隸屬哪個部門，只要身在組織之中，還是得面臨麻煩的人際關係。

要是能夠辭去工作，蒐集自己喜歡的東西開一間店，那該有多幸福。到時候，只要面對跟我一樣喜歡古董的客人就好。

但我現在還不能辭職。除了存款不到一百萬之外，最大的原因是，只要還像這樣每天來公司上班，日子一轉眼就過了。每天被眼前瑣碎的工作追著跑，根本沒時間學習或準備開店相關知識。

我那扇古董店的門，要到什麼時候才打得開呢？唯一可以確定的，就是今晚又得加不必要的班了。

隔天星期三，我去女友比奈家接她。她家在閑靜的住宅區裡，是一間獨棟平房。

大概從自己房間往外看到我了吧，比奈打開二樓窗戶，探頭大喊「小諒——」。因為她一下就縮回去了，還以為會下來開門，我就沒按電鈴站在門口等。沒想到，出現在玄關的不是比奈，是她媽媽。

「阿諒，好久不見，你看起來精神滿好的喔。」

「午安。」

「今天會在我們家吃晚餐吧？」

「啊、對……每次都叨擾了真不好意思，感謝招待。」

「沒關係啊，阿諒來家裡，爸爸最高興了。你想吃魚還是肉？比奈挑嘴吃肉不吃魚，只有這種時候我才能大顯身手煮魚……」

比奈蹦蹦跳跳跑過來。

「媽媽真是的，妳跟小諒聊太久了！」

比奈挽住我的手，身上飄來一陣甜甜的香草味。是她愛用的香水。

「我們出門嘍——」

用空著的另外一隻手向媽媽揮手道別，比奈拉著我往前走。

比奈和我相差十歲，她今年才二十五。

我們相識於三年前的鎌倉海岸。那天，我一個人去了寺院裡舉辦的跳蚤市場，順道去由比濱海邊散步。那時，看到一個女孩蹲在海灘上找東西。她的表情實在太認真，我想或許弄掉了很寶貴的東西，就問她在找什麼。結果她說「在撿海廢玻璃」。海廢玻璃就是隨海洋漂流到岸邊的玻璃碎片。這些從遙遠的地方橫跨時代漂來的玻璃碎片，在漫長的時間中磨圓了邊角，成為天然工藝品，千里跋涉到這異國的海邊。

她蒐集這些海廢玻璃，似乎是為了製作飾品。裝在保鮮盒裡的，有綠色和藍色的玻璃，也有貝殼或徹底乾掉的海星。

「一想到海廢玻璃這東西，是不知道哪個時代的誰曾經使用過的玻璃製品的一部分，就覺得好浪漫喔。這片玻璃曾經停留在什麼樣的人手上過呢？一開始想這件事，想像力就天馬行空起來。」

和我一樣。我心想。

和我一樣。這雙眼睛，這份感受力，還有這個世界觀。

我也蹲下來，視線落在沙灘上，這才發現沙灘上掉落著各式各樣的東西。有乾掉的海藻，有木片，有只剩一腳的海灘拖鞋，還有塑膠袋、不知道什麼容器的蓋子……堪稱垃圾的眾多人工遺失物。仔細想想，海灘就是個巨大的古董展示場。

在那當中，我找到了一片小小的玻璃碎片。形狀像蠶豆，紅色的海廢玻璃。

「不嫌棄的話，這個給妳。」

說著，我將玻璃遞給她。比奈發出「嗚哇！」的怪聲音，睜大眼睛說：

「好美！紅色的很罕見耶。太開心了，謝謝你！」

我點著頭說「不會不會」，很快就離開了。因為她雀躍的樣子實在太可愛，讓我難為情了起來。當時只覺得「哎、偶爾也是遇得到這種幸運的事呢」。

沒想到，事情並未就此結束。

隔週末，我去了在東京Big Sight國際展示場舉辦的古董市集，在那裡與她偶然重逢。會場有無數的店鋪和大量人潮，我卻在裡面奇蹟似的認出她。說這種話好像有點那個，但看在我眼中，只有她身邊微微發著光。

我叫住正在買東西的比奈。這是不假思索，倉促之間做出的舉動。比奈嚇了一跳，但我們聊了一下之後，就決定一起去喝個茶。這是我人生中貨真價實的第一次搭訕，自己竟然會做出這樣的事，日後不管回想幾次還是很意外。

我們都受到老舊的東西吸引，這點使我們意氣相投。只要一發現哪裡有賣這類東西的店或舉辦相關活動，兩人就會一起去看看。

總有一天，要一起開一間店喔。

極為偶爾的，我們會提起這個話題。可是話中的「總有一天」指的不是退休之後，就是中了一億樂透之類的癡人說夢。比奈一定從來沒想過，我是當真這麼想，甚至現在這個當下也懷抱這個希望。

離我退休還有多少年啊？到那時候，我仍保有開店的資金、熱情與體力嗎？

今天比奈邀我一起去參加一個名叫「與礦物同樂」的小型研習會。地點在比奈家附近的小學，聽說裡面有個社區活動中心，經常舉辦各種活動和課程。那間小學似乎並非比奈小時候上的學校，我說「真虧妳能找到這種地方」，她就說：

「因為我想試著自己開一間網路商店，上網找電腦教室時發現這裡有。現在我就在這裡上電腦課。幾乎是一對一的指導，一次上足兩小時，學費只要兩千圓。很棒吧，社區活動中心這種地方，也會舉辦各種活動和社團。」

光用海廢玻璃做飾品還不夠，她開始考慮起販售的事。比奈現在一星期打工三天，做的是行政工作。住在家裡的她也不用擔心生活費，可以花上大把時間製作飾品、經營網路商店。跟我不一樣。

……不行，心情怎麼變得這麼卑微。我甩甩頭。

我在比奈帶領下踏進活動中心那棟白色建築，櫃檯放有入館表格，在那裡填上姓名、來訪目的和來訪時間。整個上午好像有大約十人左右來館，使用的場地除了集會室及和室外，也看到有人填的是圖書室。原來這裡還有圖書室啊。

舉行研習會的地方是集會室B，今天只來了四個人。除了我和比奈，另外兩位都是上了年紀的男士。或許這種研習會就適合這樣的小規模。

講師是一位姓茂木的五十多歲男性。一開始，他先做了簡單的自我介紹。平常在鑄造工廠工作的茂木老師，因為興趣的關係取得了礦物鑑定師的資格，一有時間就舉辦這種近乎志工性質的研習會或採礦活動。

「因為興趣的關係」、「近乎志工性質」……這樣啊。這麼一來，在不造成任何人困擾的情況下受到大家喜愛，一定能懷著平靜的心情享受自己的興趣吧。

即使帶著這些雜念，研習會本身還是很有意思。茂木老師告訴我們世界上有多少種礦物，礦物經過什麼過程形成，也教我們正確使用放大鏡的方式……他還讓我們看了礦物標本。

茂木老師發給每個人一顆五公分大小的石頭。石頭上有紫色到黃色的漸層條紋，說是產自阿根廷的螢石。

「那麼，大家一起來打磨吧。」

用海綿沾水，把水擠在石頭上，再用砂紙去磨。磨平一點之後就用水洗，換更細的砂紙繼續磨。

將螢石的曲線磨得平滑後，條紋圖案更加鮮明浮現。好有趣。

開古董雜貨店的夢想又從腦中冒出來。對了，設置一個像這樣的礦物區，請專業的老師來舉行少人數的小規模活動也不錯。

九十分鐘的研習會結束後，比奈說：

「嗳、我去跟老師講一下話，等我一下喔。我想嘗試用這種礦物製作飾品，關於硬度或適合什麼樣的石頭之類的事，想跟老師請教一下。」

她好積極。我沒理由阻止滿腦子都是開網路商店這件事的比奈。

「嗯，這裡好像有間圖書室，我去那裡看個書好了。妳慢慢問。」

說完，我先走出了集會室。

圖書室在走廊盡頭。

從門口往裡窺看，空間比想像中寬敞。書架滿滿地從牆邊擺到正中間。

沒看到來借書的人，只有櫃檯裡一個穿深藍色圍裙的女生正在將書本的條碼打進電腦。

我從離入口最近的牆邊書架開始看。原本以為既然是附設在小學裡的設施，大概多半是給孩子看的書吧。沒想到，這裡的選書完全不遜於圖書館，不免教人有些驚訝。

我想找與古董有關的書，馬上就發現寫著「工藝・美術」的書架。翻閱了幾本之後，又到處看是不是有跟開店相關的書。

這時，深藍色圍裙女孩從我身邊經過，手上捧著三本書。大概要去歸架吧。

「請問有創業或經營相關的書嗎？」

我這麼問，女孩睜大眼睛，轉了轉眼珠。她看上去應該還不滿二十歲。

「呃、呃……這算是商業書吧。不過，經營者的自傳之類的，好像也能派上用場……」

她的名牌上寫著「森永希美」。看她努力想得那麼認真，我覺得有點過意不去，就搖搖手說「啊、沒關係的」。於是，希美小妹紅著臉說：

「不好意思，我還在學習做個稱職的圖書管理員。裡面的諮詢區有資深圖書管理員在，您可以去問她。」

朝希美小妹手指的方向望去，那邊的天花板下吊著一個牌子，上面寫著「諮詢區」。

這間圖書室雖小，還專程請了一位圖書管理員，經營得很正式呢。我朝裡面走去，隔著屏風往諮詢區一看，不由得大吃一驚。

坐在那裡的，是一個塊頭很大的女人。

那幾乎要爆裂的身軀上看不到脖子，就像直接把頭擺上去一樣。她穿著米色圍裙，上面披一件象牙白色的粗毛線衫。皮膚白，衣服也白，簡直就像電影《魔鬼剋星》裡的棉花糖人。

我戰戰兢兢走過去。板著臉孔的棉花糖人身體微微抖動。我以為她身體不舒服，往手邊一看，坐在櫃檯裡的她，正拿針在戳刺某種揉成一團的東西。

……她壓力是不是很大啊？

猶豫著是否該開口搭話，正想轉身離去時，棉花糖人忽然抬起頭。出乎意料地四目相接，我當場定格。

「你在找什麼？」

她的聲音超乎想像的溫柔，又讓我嚇了一跳。那張臉明明一笑也不笑，卻充滿了慈悲。我像受到什麼吸引，身體搖搖晃晃轉過去。

若問我在找什麼……或許我在找的，是安放自己多餘夢想的地方。

棉花糖人胸前掛著名牌。小町小百合。原來她姓小町。丸子頭上插著有白花墜飾的髮簪。

「請問……有沒有創業相關的書？」

創業。小町小姐複誦了一次。

「創造的創，事業的業。」

這麼一說，總覺得好像在思考什麼了不起的事似的，我有點難為情，便忙著再補上另一句：

「還有，如何順利辭去公司工作……」

明明我兩者都做不到。無論是創業，還是放棄現在的容身之處。

小町小姐把針和毛球放進手邊的橘色紙盒。那是吳宮堂的Honey Dome餅乾盒，記得小時候，只要幫忙做家事或跑腿，就能得到這個。

小町小姐蓋上盒蓋，看著我說：

「說是創業，也有各式各樣的事業，你想做什麼？」
「總有一天，想開間雜貨店，賣古董雜貨。」
「總有一天。」
小町小姐再次地，只複誦了這個部分。儘管她的語氣平淡，我卻有種不說點什麼解釋一下不行的感覺。
「不是啦……畢竟也無法馬上辭掉公司的工作啊，再說開店需要龐大資金，不是輕易就能籌齊的。當然啦，或許夢想在嘴上說著『總有一天』之間就會結束了也說不定。」
「……夢想結束？這話怎麼說？」
小町小姐歪了歪頭。
「即使嘴上老是說著『總有一天』，夢想也不會結束啊。夢想始終會是美好的夢想，永遠持續下去。就算無法實現，我認為那也是一種生存之道。懷抱漫無計畫的夢想並不是一件壞事，至少能為每天的生活帶來樂趣。」
我無言以對。
如果說「總有一天」是為了持續懷抱夢想而生的咒語，為了實現夢想又該說什麼才好。

「可是，如果你想知道夢想的前方有什麼，那就應該去搞懂。」

小町小姐端正姿勢，面向電腦。只見她的手在鍵盤上停留一秒，下一瞬間手指就用快得看不清的速度敲打起鍵盤。出乎預料的事態，讓我看得嘴巴都合不攏。最後，她以華麗的姿勢敲下Enter鍵，印表機同時吐出了影印紙。她將那張紙遞給我，上面印著書名、作者名和書架編號的清單。

《你也能開一間店》、《屬於我的店》、《想辭職時應該做的七件事》。

清單最後，是一個與其他書籍格格不入的書名。我忍不住確認了兩次。

《與英國皇家園藝協會一起享受植物的奧妙》。

心想是不是哪裡弄錯了，我刻意讀出那長長的書名。雖然小聲，小町小姐肯定聽得到。可是，她仍只是默默看著我。

「植物的奧妙？」

我再度複誦這個部分。小町小姐說「嗯」，把手放在髮簪上。

「順便一提，這是相思樹的花。」

她說這話時面無表情，我不知該如何回應。最後只能打安全牌稱讚「真漂亮」。小町小姐又把食指放在Honey Dome的紙盒上。

盒蓋上畫著白色的花。原來如此，這也是相思樹的花啊。雖然這盒子從以前就很常見，我卻從來沒有想過那是什麼花。

「Honey Dome的蜂蜜，是相思樹的花蜜。」

一邊低聲這麼說著，小町小姐一邊微微蜷起那高大的身軀，拉開櫃檯底下的第二層抽屜。

「請收下，如果是給你的話，那就是這個了。」

「咦？」

小町小姐輕輕握著的手朝我伸過來，看上去像個奶油麵包。我反射性地伸出手，她便將一個輕輕柔柔的東西放上來。

像個毛球的……貓。咖啡色身體，黑色條紋，橫躺睡覺的魚骨紋虎斑貓。

「咦？這是什麼？」

「贈品。」

「欸？」

「隨書附贈的喔。」

贈品……那麼，她剛才說的「如果是給你的話」又是什麼意思呢？我看起來像喜歡貓的人嗎？為什麼？

「做這個東西最棒的，就是不需要型紙。沒有非怎麼做不可的規定。」

小町小姐打開Honey Dome的盒蓋，再次拿出針和毛球，再次戳刺起來。因為她散發一股「什麼都不准再問了」的氛圍，我只好帶著清單和貓，打算離開。

「喔喔，對了。」

小町小姐頭也不抬地說。

「回去的時候，記得要在門口櫃檯旁填上離館時間喔。很多人都忘了填。」

「啊、好的。」

戳戳、戳戳，棉花糖人的身體微微震動。

我對照清單上的書架號碼，找到所有列在上面的書。包括第四本。雖然書名很長，封面上只寫著大大的「植物的奧妙」。

這時比奈來了，比我預想的還早。不、應該是我花了預期之外的時間和小町小姐說話的關係吧。

比奈一眼就看到貓的小玩偶，一邊高聲說「這什麼！」一邊拿了過去。

「怎麼說才好呢，圖書管理員給的。」
「好可愛，是羊毛氈耶。」
原來這叫做羊毛氈啊。我本來想送給比奈，她卻把貓玩偶還給我，同時問：
「你要借書嗎？」嚇得我接過貓說：
「沒有啦，只是想看一下而已……」
倉促之間，我把植物的書放在最上面，遮住其他書名，不讓她看見。
「請問要辦借書證嗎？」
希美小妹這麼問。正在學習當圖書管理員的她，工作態度很是積極。
我正想說「不用」，比奈就替我回答：
「任何人都能來借書嗎？」
「只要是區民就可以。」
「啊、那這樣的話，我來辦吧。他不是這個區的居民。」
在幹勁十足的希美小妹帶領下，比奈走向櫃檯。我急忙趁機把跟創業有關的書放回書架。裝作若無其事的樣子，只借了第四本書，像個喜歡植物的人似的離開了圖書室。

正要走出活動中心時，想起小町小姐的話。她特地叮嚀了我，要記得填寫離館時間。在來的時候填過的表格裡填好時間，放下原子筆，我注意到旁邊有一疊紙張。

上面寫著「羽鳥社活通訊」。社活大概是社區活動中心的簡稱吧。那一疊手工味十足的A4大小彩色影印紙，似乎是免費提供給來館民眾的刊物。

我一眼注意到最下方印著一張貓的照片，因為那隻貓和小町小姐給我的貓玩偶長得一模一樣。照片裡，一個戴眼鏡穿條紋襯衫的男人抱著那隻魚骨紋虎斑貓，背後有一排書櫃。

我情不自禁伸手拿起一張。

這張第三十一期的「社活通訊」，專題是「工作人員推薦店鋪特集」，以六分割的版面介紹東京都內的幾間商店資訊。有蛋糕店、花店、咖啡店、豬排店，還有卡拉OK店。最下面那張貓的照片旁邊，附上一行小小的圖說——「圖書管理員小町小百合主推！」

這間店的名字叫「Cats．Now．Books」，是一間只賣與貓相關的書籍，店裡有貓的書店。

推開門，比奈望著外面說：

「好像要下雨了，小諒，我們快走吧。」

我把那張「社活通訊」對折起來，夾進書裡放進包包，走出活動中心。

比奈有兩個姊姊。大姊貴美子和我同年，三十五歲，二姊惠里香三十二歲。

比奈似乎是爸媽上了年紀後才無預期懷的孩子。

貴美子自己住大阪，在電視台當剪接師，惠里香和捷克人結婚，住在布拉格。也難怪父母特別疼愛唯一留在身邊的女兒比奈。

即使如此，無論比奈週末來我公寓過夜，還是跟我出門小旅行，他們都二話不說贊成。比奈已經是大人了，與其偷偷摸摸說謊，不如光明正大交往比較好。他們這麼說。或許養到第三個女兒就會變這樣了吧。

去年夏天，我們租車去兜風，回程我送比奈到家時，被半強迫地邀請進門之後，我就迅速融入了這個家。儘管和比奈從沒具體談過關於結婚的事，她父母似乎已經認定我這個女婿了。

「阿諒，最近工作忙嗎？」

比奈爸爸這麼說著，手拿啤酒瓶靠近我。我急忙將手邊剩下的半杯啤酒一口喝光。

「是啊，畢竟現在是年底重新精算稅額的時期，不過……也可能只是我工作不懂要領就是了。」

「我看是別人都把工作丟給你了吧。誰教阿諒這麼善良又老實。」

比奈爸爸把啤酒倒進空杯，我一邊點頭致意一邊接過杯子。

「爸爸，小諒酒量不是那麼好，你別灌他喝太多。」

比奈制止父親，爸爸笑著說「留下來過夜不就好了」。

「比奈，妳來幫忙一下！」

廚房傳來比奈媽媽的聲音，比奈站起來。

爸爸拿起筷子伸向紅燒鰈魚，視線低垂著說：

「……上面兩個孩子個性都太好強，老是自己跳進驚濤駭浪裡，高興做什麼就做什麼，相較之下——」

壓低聲音，大概是不想讓廚房裡的人聽見，爸爸繼續說：

「比奈這孩子又太不知世事了，滿嘴不切實際的夢想，或許是我們太寵她吧。有阿諒這樣腳踏實地的男人在她身邊，我很放心喔。」

一陣短暫沉默之後，爸爸直視著我，露出溫柔的微笑。

「比奈就拜託你了。」

即使在這種狀況下也無法順勢說「好」的我，根本一點都不腳踏實地。我只能假裝靦腆，笑得不置可否。

值得慶幸的是，比奈的父母很中意我，將我視為他們可愛女兒相守一輩子的伴侶候選人。

可是，這對我而言是一種壓力。我任職的公司雖小，至少也是一家穩定經營的公司，我卻竟然想辭職開雜貨店，這種話怎麼也不可能說出口。

因為，他們放心的對象不是我，是我的公司。

回到自己住的公寓，淋浴過後，我帶著借來的書和智慧型手機上床。

《與英國皇家園藝協會一起享受植物的奧妙》。

重新仔細拿起來看，才發現封面感覺很高級。白底上有一幅細緻的植物鉛筆畫，中央則是閃著綠色光芒，做壓印打凹效果的書名，整本書製作得相當講究。

不明白圖書管理員為什麼要推薦我這本書，不過這種書顯然是我偏好的類型沒錯。簡單翻閱一下，排版是方便閱讀的橫書樣式，從頭到尾搭配了許多描繪得很纖細的插畫。內容以一個跨頁提出一個問題的方式構成，連高年級的小學生都讀得來，但又一點也不幼稚。

躺著打開書，「社活通訊」從裡面掉下來。我把書先放在枕邊，將它撿起來。

貓書店……

根據採訪內容，店主安原先生開了這間店，還把收留的流浪貓當作店員。這間只賣貓書的書店在三軒茶屋，店內營業額的一部分固定捐給流狼貓救援團體。

這麼說來，我以為是鬱金香造型的那根山羊湯匙，要說是貓腳也滿像的。那種造型的湯匙又稱「triffid pattern」❸，扁平的握把末端有兩個切口。

我用手機搜尋「Cats・Now・Books」。

除了找到Twitter帳號外，驚訝的是，還找到了好幾篇採訪報導。

❸ triffid是一種有三隻腳會走動的幻想中的植物。

打開最上面那篇，出現一張安原先生身穿貓咪插畫T恤的照片。照片中，他站在書櫃前，手上抱著貓。這次不是虎斑，是一隻黑貓。到底有幾隻貓啊？店內似乎還可以點飲料，網頁上還有一張啤酒的照片，連啤酒品牌都是「星期三的貓」。

——貓和書和啤酒。喜歡的東西環繞身邊。

照片底下是這行圖說。我看著照片裡對鏡頭微笑的安原先生。

好羨慕啊。我的夢想就是這樣……

眼皮漸漸沉重起來。頂著恍惚的腦袋繼續閱讀網路文章，原來安原先生一邊在科技公司上班，一邊經營這家店。

原來還可以這樣啊。社會企業、群眾募資……跳過這些陌生的文字往下閱讀。

「對斜槓工作者來說，兩種不同工作是互補關係，而非主從關係。」

不是主從關係？什麼意思啊？

我試著搜尋「斜槓」，原來是經營管理學家彼得．杜拉克提倡的「與另一項活動同時並行」。這是指副業的意思嗎？

我開始打呵欠了。

關起手機。今天不但累又喝了酒，濃濃睏意來襲，我就這樣閉起眼睛。

隔天，我叫住五點一到就要回家的吉高小姐。

「業務部的支出統計表確認完了嗎？我在等妳交過來喔。」

「啊——那個喔……還沒，可是我剛搽好指甲油，明天再交可以嗎？」

吉高小姐這麼說著，舉起一隻手揮了揮。她似乎以為「剛搽了指甲油」這種藉口行得通，真不知道腦子裡在想什麼。

「可是期限是今天呀。」

我盡可能用溫和的語氣這麼說，吉高小姐卻像我說了什麼過分的話似的，皺起眉頭。

吉高小姐連話都不回應一句，只是粗魯地走回自己位子，一邊注意不沾到指尖，一邊從包包裡拿出手機，不知道打電話給誰。

「啊、喂？抱歉，我會遲到一下，突然有工作叫我做。」

不是傳LINE也不是傳訊息，故意打電話就是要讓我聽見的吧。我不禁有些內疚。

不、為什麼搞得像做錯事的人是我一樣呢。

我還不是一直做著不用馬上做也沒關係的工作，只為了等吉高小姐交件。今天我下班後也有想去的地方啊。可是，沒拿到支出統計表就不能回去。因為我必須再次確認她確認過的地方，才來得及進行明天一大早非做不可的工作。

吉高小姐花了四十分鐘完成工作，把文件丟在我桌上就走了。

我看看手錶，無奈地把文件放進包包，準備回家。只能在家確認了。帶回家做的工作當然不能算加班費，這也是沒辦法的事。

來到新宿，我走向百貨公司。在這裡舉行的古董市集，今天是最後一天了。太好了，趕在百貨公司打烊前一小時抵達。活動會場有陶瓷品、畫軸和各種雜貨。諷刺的是，這類商品幾乎沒有賣完過。通常這種市集，幾乎都成了單純的展示會。

換句話說，就是古董很難賣得掉。我自己也一樣，不可否認只想來看看就好，沒有打算買。拿起伊萬里燒的古董壺賞玩，我這麼想。

要是開一間店，一天得賣出多少東西才賺得到錢呢？

不但要把店鋪租金、水電費、雜物費等林林總總的費用扣掉，還要繳稅。

一旦稍微開始思考這些，只會得出「實際上果然不可行」的結論。

「咦？小諒？這不是小諒嗎？」

聽到聲音回頭一看，眼前站著有一頭長捲髮的大叔。一襲亮粉紅底色配黃綠色花朵圖案的外套相當引人矚目，只花了兩秒，我就認出這張臉是誰。

「咦？是那須田哥？」

「對對對！哇，虧你還記得我！」

他是煙木屋的常客，住在同一條街上一棟三層樓大透天，是不動產公司老闆的獨生子。幫忙父親生意的同時，也做各種自己喜歡做的事。他說很喜歡「浪蕩子」這個詞，老是這樣自稱。記得當年他二十多歲，雖然我們將近二十年沒見面，現在看上去老了許多，那身迷幻的打扮一如當年，讓我很快就想起他了。

「那須田哥才是呢，竟然認得出我。」

「因為小諒你都沒變啊！一副畏畏縮縮的樣子。」

這句話雖然傷人，懷念的情緒更甚。沒錯，這就是他講話的風格。

「小諒，你現在在做什麼？」

「當普通的上班族啊，那須田哥呢？」
「我也還是個普通的浪蕩子。」
那須田哥從肩背包裡拿出名片夾，給了我一張名片。名片左上有用片假名寫成的三個頭銜。建築改建設計師・不動產規劃師・空間顧問。雖然我看不太懂，至少可以理解他在從事跟不動產相關的各種工作。
「哎呀，好久不見了呢。當時煙木屋突然就倒閉，嚇了我一大跳。」
「……是啊。」
「那時警察還來我家問話，事情鬧得可大了。」
「警察？」
心用力跳了一下。我一直很擔心，不知道海老川先生會不會生了什麼病，還是被扯進什麼事件中。
「聽說海老川先生開店經營不善，欠了很多錢還搞失蹤。」
聽到這個，我失望不已。因為比起生病或被事件牽扯，這是我更不希望發生的事。
那個夢幻的世界瞬間變得現實不堪。那須田哥挖苦地說：

「哎，雖然早就看得出他根本沒賺什麼錢就是了，大概過得很辛苦吧。最後倒是跟那間店的名字一樣，化成一陣輕煙消失了。」

開一間店果然不容易。更何況是我夢想中的古董店。

「小諒沒有名片嗎？」

那須田哥這麼一說，我就拿出名片交給他。

「是喔——在家具公司上班啊。喔喔，KISHIMOTO，有聽過、有聽過。要是有機會合作的話我再聯絡你喔，畢竟我做的事還不少，像是上次里貝拉的展示會活動，那個就是我企劃的喔。」

那須田哥說的里貝拉，是一間知名的家具品牌。

是喔，真出人意料……這麼說或許有點失禮，沒想到他經手的工作規模這麼大。

真要說的話，隸屬財務部的我不太可能有機會和那須田哥一起工作。

聽見來電鈴聲，是那須田哥的手機。他看一眼手機螢幕，嘴上「哎呀」了一聲，對我丟下一句「下次一起喝兩杯」，就一邊接起電話一邊走出會場了。

隔天早上，我趁辦公室裡沒人時叫住吉高小姐。

在家檢查那份文件時，發現雖然收據和統計表上的數字對得起來，其中一張業務部保坂先生附上的收據卻有點不對勁。收據上塗了修正液，看上去很不自然，被塗改的是個位數的數字。那是跟客戶在咖啡廳開會的餐飲收據，如果底下透出的數字才是正確數字，就表示統計表上寫錯了，多申請了十二圓。

收據上原本的字是用原子筆寫的，修正液上重寫的則是水性筆，筆跡也不同。若說是店家塗改，實在太說不過去。塗改的人要不是保坂先生，就是……

「吉高小姐，這個……」

我指著收據這麼說，吉高小姐立刻繃起了臉，嘴角下垂，生氣地說：

「因為數字就有點對不上啊，只為了這點小差錯特地去請保坂先生重寫太麻煩了嘛。有什麼關係，才差十幾圓不是嗎？公司又不會因為這樣就倒閉。」

「這是不對的。」

「那我出總行了吧，這筆錢我出。」

「不行啦，不是這個問題。」

「你很龜毛耶，就為了區區十幾圓囉囉嗦嗦，這樣的人會被女人討厭喔。」

「這又不是金額的問題！」

我大聲反駁，聲音大得自己都嚇了一跳。

吉高小姐漲紅了臉，別開頭不看我。或許她沒想到我會吼人吧。

「……小家子氣的男人。」

用充滿憎惡的語氣丟下這麼一句話，吉高小姐就抓起包包和大衣，跑出辦公室了。

儘管自己仍無法接受事情這麼處理，但也擔心吉高小姐不知道跑到哪裡去了，內心忐忑不安。今天田淵先生又補休不在。正當我考慮是否該通知人事部時，自己倒先被叫了過去。

人事部長一臉傷腦筋的表情對我說：

「浦瀨老弟啊，吉高小姐提出你對她職權騷擾的申訴，還說她要辭職。」

「怎麼這樣！」

「吉高小姐說，她只是不小心打翻修正液，把數字寫上去時又不小心寫錯了，你卻狠狠罵了她一頓。還說你差點動手打人，把她嚇哭了。說她沒想到浦瀨先生平常看起來溫和，一旦跟她獨處就判若兩人。」

想哭的是我才對。內心充滿憤怒、悲哀跟冤屈的心情。只是不小心打翻修正液？她竟然敢這樣胡說八道。沒錯，我剛才說話是大聲了點，但根本沒有要動手打人，這已經是抹黑了吧。

可是，我終究無法證明自己的清白，沒有任何證據。

「總之，她的申訴我先受理了，會報告到上面去。」

人事部長這麼說完後，皺著眉頭盤起雙臂。

「老實告訴你，這個小女生是社長的姪女。田淵老弟早已知道這件事，或許我們也該早點告訴浦瀨老弟你才對。」

回到家，比奈已經做好晚餐等我了。星期五到六日的整個週末，我們固定一起過。

面對美味的燉牛肉，我還是滿腦子公司的事。

我——

我身處的職場怎麼如此無趣。我到底在做什麼。

要繼續過這種日子到退休嗎？在這個無法打從內心接受的環境工作，從來不曾有過雀躍的心情。

就連回到家，也還像這樣想著公司裡的事。或多或少，這情況從很久以前就開始了。不是為了人際關係的小爭執煩惱，就是為某筆費用該如何結算傷腦筋。這樣跟在家工作有什麼兩樣，我完全被工作支配了。而且還是自己一點也不想做的工作。

都已經做到這個地步，在公司裡的立場還是面臨了危機，實在太痛苦了。這麼討厭的地方，我卻還緊抓著不放，拚命想守住這份工作。至今如此，未來也不會改變吧。

「小諒，你怎麼無精打采的？」

比奈歪著頭問，我趕緊掩飾著說：

「沒有，沒事，只是工作有點忙。最近在計算獎金。」

「這樣啊，辛苦你了。」

比奈拿出兩個紅酒杯，放在桌上。還拿出一小瓶紅酒。

「聽我說，今天啊，我的網路商店達成單月目標營業額了喔，買家也寫了很好的回饋心得，還有……」

比奈開心地說了起來。

像她這樣只要做自己喜歡的事就好，不用和討厭的傢伙見面，也不用擔心經濟問題，只賺一點小錢就快樂得開紅酒慶祝……我要是也能過這樣的生活多好。

「雖然只是開在網路上，可是，我真切感覺到擁有自己的店了，好高興喔。噯、小諒開雜貨店的時候也——」

「別說得那麼簡單！」

我打斷比奈，她嚇得身體一顫。明知只是在拿她出氣，我卻控制不了自己。

「我和比奈不一樣，沒辦法輕鬆享受興趣。比奈的網路商店就算失敗，就算賺不到半毛錢，妳也不用煩惱不是嗎！」

「…………這才不只是興趣呢。」

比奈淡淡丟出這句話，我赫然抬起頭。

「我才沒有輕鬆享受，也不只是做興趣的。雖然看在小諒你眼中或許是那樣也說不定。」

大腦深處發涼，心想必須道歉時，比奈已經站起身。

「今天我就先回去嘍。因為小諒你好像很累。」

緊捏著拳頭，我全身動彈不得。也沒上前追回比奈，只是聽著背後大門關上的聲音。

真是爛透了……

本該和比奈共度週末的我，現在多出了大把自己的時間。我們很少吵架，我也很久不曾像這樣一個人閒著沒事做了。

打開電視轉了幾個頻道，吵吵鬧鬧的綜藝節目笑聲刺耳，我就把電視關了，伸手拿起堆在床頭的書。

植物的奧妙。

就這樣，我沉浸在書的內容之中，往下讀了一會兒，發現植物真的充滿奧妙。接觸到與人際關係毫不相關的植物世界，心情一點一滴鎮定下來。這種感覺，和踏進煙木屋時有點像。

每翻一頁，我就確定自己果然喜歡這本書。書裡列出幾個問題，像是樹木怎麼長大？草為什麼割了還會長？跟植物講話，植物真的就能長得比較好嗎？向日葵真的總是追著太陽跑嗎？

這本書用的紙張像漂白過的襯衫一樣潔白柔軟，緊密的書頁收在硬殼書封底下，受到完整的保護。翻頁時感覺很順手，甚至可以打開攤平放在桌面上。和一般圖鑑有點不太一樣，無論質感或內容都平易近人，給人溫柔纖細的感覺。

第三章的標題是「奇妙的地底世界」。蚯蚓扮演著什麼樣的角色？植物的根往哪裡生長？根部佔了植物整體多少比例？

地面下的世界真的很有意思。書裡有一張插圖，以一條線表示地面，將地面上的樹和地面下的根上下顛倒過來描繪。看到這張圖，我忽然產生一個想法。

等等喔。

因為我們人類生活在地面上，大多數時候，眼睛只會看到植物的花和果實。可是，如果去看甘藷和紅蘿蔔，原本在地面下的「根」就成了主角。站在植物的角度，明明雙方是平等且相互需要的關係，取得了良好的平衡。

人類總是傾向把對自己有利的一方的世界視為主力，但對植物來說……

——兩者都是主力？

發現這一點後，我想起那篇講「斜槓」的文章。

「對斜槓工作者來說，兩種不同工作是互補關係，而非主從關係。」安原先生好像是這麼說的吧。

就像植物，地面上與地面下的世界在各自的崗位上發揮自己的作用，彼此互補一樣？

當個上班族和開店。這兩件事說不定也是如此。安原先生實踐的就是這個。

或許，我也做得到？只要好好掌握能夠兼顧兩者的方法。

隔天下午，我從澀谷前往三軒茶屋，轉搭東急世田谷線，在西太子堂站下車。為的是去造訪「Cats・Now・Books」。

十二月已經過了一半，天上飄著稀疏雪花。

從無人的車站走到馬路上，順著事先記在腦中的路線走在住宅區中。這裡除了民宅什麼都沒有，為了確定自己是否走對路，我打開地圖應用程式。沿著小路往前走，看見一棟白色房子，屋簷下掛著藍色招牌，招牌上畫著黃色的貓。就是那裡了。

突出的窗台上展示著許多繪本，封面都是貓。

推開門，受到屋內溫暖的空氣包圍，我鬆了一口氣。結帳櫃檯裡，站著一個留鮑伯頭的秀氣女人。環顧店內，更裡面的地方有扇格子門，透過格子縫隙，看得見後面穿藍色格子襯衫的男人。

那應該就是安原先生了。

新書放在靠近門口的空間，格子門裡面的則好像是舊書。我懷著緊張的心情掃視書架上的書，等情緒鎮定一些了，才問櫃檯裡的女人「可以進去裡面嗎？」對方請我脫下鞋子，用酒精消毒雙手後，才打開格子門。

……裡面有貓。

一隻魚骨紋虎斑貓躺在抱枕上睡覺，跟小町小姐給我的羊毛氈一模一樣。另一隻魚骨紋虎斑和黑貓則悠閒漫步於書架之間。

「歡迎光臨。」

正在接待裡面另外一位女顧客的安原先生，一看到我就這麼說。聲音低沉圓潤，很好聽。表情雖然溫和，比照片裡給人更具知性的印象。

舊書區中央有張桌子，上面放著小小的飲料菜單。

想盡可能在這裡待久一點的我，把菜單上的文字反覆看了三次才對安原先生開口：

「不好意思，請給我咖啡。」

「好的，熱的可以嗎？」

我點點頭，安原先生就隔著格子門，和櫃檯那位女店員輕輕交換一個眼神。她朝這邊走來，進了廚房。

貓從我腳邊走過。原本以為是兩隻魚骨紋虎斑中的一隻，腹部和腿卻是白色的。原來還有這隻白底虎斑啊，剛剛都沒發現。牠們在這裡非常輕鬆自在，自然又隨性。

喝著送上來的咖啡，我拿起陳列在一旁的書。女店員已回到收銀櫃檯。我開始覺得，只是這樣喝喝咖啡，看看貓咪，在書本環繞下放鬆一段時間就回去也沒關係了。

可是這時，一隻戴橘色項圈的魚骨紋虎斑無聲爬上高處。是剛才一直躺在抱枕上睡覺的貓。牠輕巧地坐下來，搖了搖尾巴，和我四目相對。

你不是特地來的嗎？為了知道夢想的前方有什麼。

貓好像對我這麼說似的，使我重新打起精神。

看到另一位女客人帶著書走向櫃檯，我放下咖啡杯站起身，對安原先生說：

「那個……」

安原先生回過頭。

「我是看了羽鳥社區活動中心圖書室職員的推薦才來的。」

喔喔。安原先生笑了。

「是小町小姐介紹的呀。真是非常感謝。」

「那個……其實我自己……也想要開店。」

原本打算慢慢透露的，沒想到劈頭就順勢說出來了。

「這個年輕小夥子未免把事情想得太簡單了吧」，我開始擔心自己惹安原先生不高興，他卻露出爽朗的表情。

「開書店嗎？」

「不、雜貨店。古董雜貨店。」

是喔。安原先生一副很感興趣的樣子點頭。我繼續緊張地說：

「我在網路上拜讀了幾篇安原先生的專訪，第一次學到斜槓工作者這個字。安原先生，聽說您平日仍是個上班族。」

「是啊。」

「可以跟我分享您的經驗嗎？我叫浦瀨諒，在家具公司的財務部工作。」

「我很樂意，剛好今天這種天氣，店裡客人也不多。」

店裡有兩張並排的圓凳，安原先生坐上其中一張，也用手勢示意我坐下。

我坐在安原先生身邊，上半身向前傾。

該問什麼才好呢？腦中還沒整理好問題，嘴巴就先脫口而出了。

「一邊上班一邊開店很吃力吧？難道不會兩邊的工作都做得很辛苦嗎？」

安原先生微微一笑。

「不、該怎麼說好呢。反而是兩個工作一起做之後，兩邊都覺得不辛苦了。」

剛才那隻虎斑貓跑過來，跳上安原先生的大腿。

「之前我一心只想辭掉公司的工作，現在卻發現，或許因為持續當上班族，才能享受經營書店的樂趣也說不定。反過來說，如果只開書店，我可能必須採用自己不喜歡的銷售方式，讓開店這件事變得痛苦。」

撫摸著貓，安原先生繼續說：

「我認為工作這件事，是用來確保自己在社會上的位置。斜槓工作者等於擁有兩個位置，沒有哪一份工作是副業。」

位置。我想起地面上與地面下的兩個世界，以及在這兩個世界裡有兩張不同的臉，扮演不同角色的植物。於是我問：

「您在專訪中說過，兩種工作之間沒有主從關係。」

「對。」

「這意思是說，開書店賺的錢，和當上班族一樣多嗎？」

說完這句話的瞬間，我為自己滿嘴都是錢感到羞恥。安原先生卻噗哧一笑說

「你問得還真直接」。

「所謂的沒有主從關係不是這個意思。講得極端一點，開書店對我而言，為的是精神上的充實感，而不是為了賺錢。當然，想讓店持續經營下去，銷售量也必須要增加就是了。」

用喜歡的東西滿足精神上的充實感，這我能理解。可是，當兩種工作都成為主力時，不論白天夜晚，平日週末，就都得一直不斷地工作才行了。

安原先生難道都不會想偷懶、放假或出去玩嗎。我小心選擇著詞彙說：

「可是，又要上班又要開店的話，不就不能出去旅行了嗎？」

似乎早已習慣被人這麼問，安原先生點頭「是這樣說沒錯啦」。

「但是，平常少有機會見面的人會來店裡，在這裡也可以遇見很多有趣的人，每天就像去了各個不同地方旅行一樣。即使不外出，一直待在這裡，快樂的體驗就多到有剩了呢。」

他的回答有如醍醐灌頂。在說得這麼肯定之前，安原先生究竟看過哪些風景，遇過了多少人。擁有自己的店，原來是一件這麼美妙的事。

……不過，因為是安原先生，所以才能做到這樣吧。他頭腦好，知識豐富，有品味也有人脈，又有人望。我怎麼想也不認為自己能成為安原先生這樣的人。

「總覺得需要的，都是些我沒有的東西。我沒有錢、也沒有時間……沒有勇氣。老是想著總有一天要去做，卻缺乏所有行動起來需要的東西。」

安原先生沉默了一會兒，凝視著虎斑貓。或許我說的話太負面了，連他都放棄說服我了吧。

然而，安原先生嘴角泛著溫柔的笑，把頭轉向我。

「當沒有變成有的時候，就不行了。」

「咦……」

「得把你的『沒有』當作『目標』才行。」

當作目標。

是要我去準備一筆錢，空出一段時間，還有……鼓起勇氣嗎？

面對說不出話的我，安原先生苦笑著說：

「我啊，很討厭人類。」

對今天才和他見第一次面的我來說，完全沒想到他會說出這句話。畢竟他這麼親切地和我說話，又是做服務業的。

「可是有一次，我忽然想試著聽聽看別人說什麼。不可思議的是，當我到各種地方跟人見面之後，漸漸地從中獲得了許多機會，陸續串連起各種緣分。」

虎斑貓從安原先生腿上跳下來，慢慢走向黑貓，把頭靠過去，像在告訴黑貓什麼。

「人與人之間都是相連的喔，從一個打結處，慢慢向外傳遞。如果想等著哪天遇上這樣的緣分再行動，那可能永遠都等不到。但是，去各種地方和各種人見面、交談，直到能告訴自己『已經見識過這麼多了，應該沒問題了』時，所謂的『總有一天』或許就能變成『明天』。」

安原先生看著貓兒們，淡淡地這麼說。

「重要的是，不要放過決定命運的時機。」

命運。

看似現實主義者的安原先生這句話，具有壓倒性的分量。我用羨慕的眼光看著他說：

「……安原先生現在已經實現了自己想做的事，抵達夢想所在的地方了吧。」

好好喔。我滿心都是羨慕。沒想到，安原先生歪了歪頭說：

「我不認為這是夢想。」

「咦？可是……」

「如果只是想過有貓、書和啤酒的生活，就算不特地開一間店也辦得到吧。實現開店的目標不等於結束，還有接下來該做的事。和營業額無關的某些事。」

我感到意外。他都已經待在這麼令人欣羨的環境了，還在找尋接下來自己能做的事。

可是，一看到安原先生那雙炯炯發亮的眼睛，我又完全能夠理解了。這或許才是真正的「夢想的前方」。

安原先生雙手交握，放在桌上。

「諒老弟，你為什麼想開店呢？不只是過著被古董環繞的生活，你為什麼想要『開一間店』。」

他給了我好大一個「題目」，我低下頭。

這是一個能為我引導出未來方向的問題。而答案我也一定早就心知肚明。

「……我會仔細考慮清楚的。」

不知何時來到腳邊的魚骨紋虎斑磨蹭我的小腿。我從椅子上下來，伸手撫摸牠的額頭，安原先生說：

「諒老弟，你打算自己經營那間店嗎？」

我心頭一驚。

腦中浮現比奈的臉。要是她能陪在我身邊，那就太幸福了。可是……

「光靠一個人撐起一間店是很辛苦的喔。家人也好，好朋友也好，有個能跟自己討論，聽自己抱怨的搭檔一起經營比較好。不然，心理上的痛苦沒有一個人幫自己分攤，會很難熬的。」

說著，安原先生朝格子門的那一頭望去。他看的是櫃檯裡的那位女店員。

於是我明白了。

「她就是您的搭檔呢。」

「那是內人美澄。」

安原先生毫不掩飾地告訴我，我問他：

「您打算開店時，美澄小姐怎麼說？」

安原先生忽然低下頭。

「……她啊，什麼都沒有說。」

接著，臉上浮現和剛才完全不同的平靜笑容。

「什麼都沒有說，就跟著我一起來做了。真的很感謝她。」

隔天星期天，我一個人去了羽鳥社區活動中心。為的是來歸還之前借的書……這只是藉口，其實我想來見一個人。

在入口前的櫃檯還書，將書交給希美小妹。

往圖書室裡面走，小町小姐就在諮詢區。

「小町小姐，我昨天去了Cats・Now・Books。」

聽我這麼一說，小町小姐睜大了雙眼，咧嘴露出滿意的笑容。

「安原夫妻也請我向小町小姐問好。」

「喔喔，我跟安原太太認識很久了，她是我在圖書館工作時的同事，你見到美澄了啊，她好嗎？」

「很好，他們真是一對出色的夫妻。」

我一邊回答，一邊從包包裡拿出羊毛氈做的貓玩偶。

「要不是您指點，我也不會去那間店。謝謝您，我終於想通了，不再等待『總有一天』……接下來就要開始採取行動。」

小町小姐輕輕搖頭。

「你不是已經採取行動了嗎？」

我倒抽一口氣，不動如山的小町小姐接著又說：

「並不是我叫你去的，是你自己發現有那間店，自己決定邁開雙腿去見安原先生的對吧。當你這麼做的那一刻，就已經開始行動了。」

小町小姐用力甩頭，脖子發出「喀」的一聲。手上的貓，似乎隨時都會睜開眼睛。

我想見的，還有一個人。

走出社區活動中心，我朝比奈家走去。手插在褲袋裡，手指輕輕撫摸放在那裡，向來被我視為護身符的山羊湯匙。

今天早上出門前，我打了電話給比奈。

先為前天的事道歉，然後說有話想當面講，於是比奈說「來我家吧」。原來今天比奈爸爸和媽媽一起外出了，不在家。

抵達比奈家，按了門鈴，她立刻出來開門。

「進來吧。」

我一進到家裡，比奈就往二樓走，我也跟著上去。

比奈好像都在自己房間製作飾品，桌上放著工具和海廢玻璃。

「前天很抱歉。」

我說了和早上一樣的話，為自己的缺乏詞彙感到沮喪。比奈噗哧一笑。

「這句我已經聽過了。」

我心想，比奈的笑容就是我的救贖，從包包裡拿出紅酒和酒杯。是那天比奈原本要開來喝的酒。

比奈顯得很驚訝，我在她面前打開紅酒，倒進兩個杯中。

「恭喜妳達成目標營業額。」

縮了縮脖子，比奈害羞地說「謝謝」。

乾杯。發出清脆碰杯聲的酒杯裡，紅酒像波浪般搖曳。

「……比奈真的很厲害。達成目標當然也很厲害，但更厲害的是，妳靠自己的力量開拓了一條道路，真的很強。」

比奈微微一笑，從桌上散放的海廢玻璃裡拿起一個。

「有人說，手作的東西啊，從製作的當下，就已經決定會送到某個誰的手中。這麼說或許有點玄，但我也不是不能理解。」

「……嗯。」

「所以，我在製作的時候，都會一邊做，一邊思考著日後使用這樣東西的人。即使不知道對方具體的長相，也會在心中傳送訊息，感覺就像和飾品未來的主人交流。海廢玻璃經過漫長時光中的旅行，通過我的手，前往它該去的地方。這麼一想，我總是覺得非常高興。」

我很明白比奈想說什麼。

褲袋裡的寶物。煙木屋雖然已經不在了，這根湯匙還在我手邊。

我想起自己與這根湯匙相遇時的事。

或許哪個貴婦人享用下午茶時總把它放在茶杯旁，又或許有哪個溫柔母親用這把湯匙餵年幼的兒子喝湯。這個男孩長大了，變成一位胖胖的歐吉桑，說不定還一直珍惜著使用這根湯匙。又或者，這根湯匙曾經是哪個家裡的三姊妹搶著用的餐具，還是……

說不定在一九〇〇年代，上輩子的我曾經使用過這根湯匙。

經過一番輾轉流離，它再度回到我手中。透過煙木屋的牽線，讓我再次遇見我的湯匙。

我也想將經歷悠久時光流傳下來的東西送到誰的手中。那些該回到物主手裡的東西。在每個不同的時刻，屬於某個人的東西。

我想成為中介。打造一個空間，讓人們能在那裡與那些東西相遇，拿在手中確認。

這就是我想開店的最大原因。

「有個東西想給比奈看。」

我從包包裡拿出薄薄的資料夾，在比奈面前打開。

裡面放的，是昨晚我自己製作的預算表。計算著開一間古董雜貨店，以及後續的經營，需要多少預算。

店鋪租賃費、室內裝潢費、空調設備費、購買雜物及備品的費用……先計算開店初期需要的資金。正式開店後，還需要房租、水電費、消耗品的費用及進貨成本。再計算一天必須達成多少營業額才足以維持這間店的營運。我以現有的能力，絞盡腦汁描繪了這張藍圖。

「我接下來打算開始準備開一間店。店開了之後也不會辭掉公司的工作。上班族和店老闆，兩件事我都要做。」

比奈雙手摀住嘴巴，眼神閃閃發光。

「好棒……我覺得很棒！做得出這樣的預算表，小諒好強喔！」

所以……所以，妳願意幫我嗎？

這句形同求婚的話語，我硬是吞了回去。

又不知道會不會順利，要是在開店之前先結婚，說不定會讓比奈過得很辛苦。不、一定會的吧。

或許還是該等等，等到總有一天，店上了軌道也能兼顧公司工作，到時候再求婚……

啊、又是「總有一天」。發現這一點，我不禁大受打擊。我真是的，和安原先生完全不一樣。根本無法成為對比奈說出「跟著我一起來吧」的男人。

無視沮喪的我，比奈用理所當然的語氣說：

「小諒，我們結婚吧，愈快愈好。」

「……欸？」

竟然讓比奈說了這樣的話，軟弱的我又冒出來了。想起驚動警方的海老川先生，我吞吞吐吐地說：

「可是，如果經營不順，店倒閉的話……」

「倒閉的話會怎樣？倒閉犯法嗎？」

比奈這句話，有如當頭棒喝。

不一樣。

海老川先生驚動警方，是因為他欠錢不還又下落不明，並不是因為店倒閉。

「就算真的倒閉，也不會傷害到任何人，不是嗎？只是覺得丟臉，不想被嘲笑而已吧。那種無聊的自尊心真的沒必要。再說，與其請店員不如夫妻倆一起做，這樣最簡單。」

……一起。不是「幫忙」，是「一起」。

勇氣受到了鼓舞。

啊、安原先生一定也是這樣。他說美澄小姐「跟著我一起來做」，指的應該是兩人同心協力的意思。因為他不是說了嗎？美澄小姐是他的「搭檔」。

不是主從關係，兩者都是主力。夫妻或許也是如此。

比奈望向天空，像在思考什麼。

「這樣的話，要考慮的事情就很多了呢。小諒，我們得先去一趟警察局。」

「警察局？」

「是啊。舊貨商執照要去警察局申請啊。」

對喔，說的也是。我忍不住笑出來。看來，不管怎樣都會跟警察扯上關係。

比奈伸出食指，抵著下巴。

「還有，先來進行群眾募資吧。」

群眾募資，這個我在安原先生的專訪文章裡也看過。為了替自己想做的事籌募資金，在網路上徵求支援的系統。

沒想到比奈會提出這個主意，有些喪氣的我不禁嘟噥道：

「外行人哪有這麼簡單募得到錢。」

比奈露出有點傻眼的表情：

「群眾募資就是給外行人用的方法啊，小諒。」

朝我探身，比奈問：

「我問你，小諒，你認為這個世界靠什麼運作？」

「咦……呃、愛……之類的？」

聽了我的回答，比奈睜大雙眼喊「欸——！」

「好驚人喔，雖然我就喜歡小諒你這種地方啦。」

一臉滑稽地笑完之後，比奈正色告訴我：

「我啊，認為答案應該是信任。」

「……信任？」

「對啊。不管是要跟銀行借錢，還是接受工作上的委託，甚至是和朋友的約定，或是上餐館吃飯，這些都成立在雙方對彼此的信任上。」

比奈流暢地說出這番話，我聽得瞠目結舌。

和我相比，比奈對各類資訊更敏感，從平常就好好地豎起天線吸收來自四面八方的訊息。她就是這麼一個有行動力的女孩。

不、其實……或許我只是假裝沒發現而已。

一打算開網路商店，就去報名電腦教室的比奈。參加茂木老師的研習會，積極提問的比奈。其實我一直都很清楚。那對比奈而言並非「不知世事的小女孩懷抱不切實際的夢想」，而是腳踏實地的現實。自己是男人又年長她十歲，只為了這些「無聊的自尊」，我就故意不去看她的這一面。

「要是只為籌錢這個目的展開群眾募資，那會很辛苦的喔。畢竟根本不知道能不能籌齊開店所需的資金。比起籌錢，更重要的是把群眾募資當作宣傳的工具。闡述自己開店的熱情，獲得人們的信任。所以，反而是沒有經驗的外行人毫無一絲虛假的真心話語，更能打動群眾的心。如果真的能順利開店，當初提供支援的人們也會開心上門消費。」

聽著比奈的聲音，我的心跳愈來愈快。

看在別人眼中或許只是個夢想，然而，我們卻是非常真實地活在她想像的願景中。

「……好像……有點雀躍起來了……」

我按捺著內心的激動這麼一說，比奈就開心地抓住我的手臂。

「就是該這樣！不要管那些大道理，只要能讓自己雀躍的就是正確選擇，準沒錯！」

不經意瞥見比奈書桌一角的小瓶子，安原先生的話浮現腦海。

「重要的是……」

那個比奈珍藏的小瓶子裡，放著紅色的海廢玻璃。

在海邊相遇那天，我撿到那個並送給了她。後來，我們又在Big Sight重逢。

沒問題的，我一定也做得到。強烈的確信振奮了我。

是啊，因為那時的我——

沒有放過決定命運的時機。

星期一，一到公司我就被叫到社長室。

不是減薪就是降職，要不然就是最壞的狀況——炒魷魚。正想挑戰斜槓人生之際，要是就這麼失去上班族的身分，那可一點都不好笑。

沒想到，社長一看到我，卻是滿臉愧疚地跟我道歉。

「美哉給你添麻煩了，抱歉啊。」

美哉就是吉高小姐。

「上週五，我接到人事部報告後，就去問了美哉，她的說詞跟人事部的報告一樣。可是，星期六打高爾夫球時，我跟田淵見了面。」

「和田淵部長嗎……」

「一告訴田淵這件事，他就非常生氣地說，我們浦瀨不可能做出那種事。還說，沒有比受到其他部門同仁深深信賴的浦瀨更誠實的人了。」

我嚇了一跳，睜大眼睛。田淵先生明知吉高小姐是社長的姪女，竟然還這麼說。

「我聽了很驚訝，我認識田淵這麼久，第一次看到他那麼生氣。於是，就把美哉找來好好又問了一次，她才承認是自己不對。」

比奈說得沒錯。

社長對田淵先生，田淵先生對我……這個世界，確實靠信任運作。

吉高小姐請了一天假，隔天就一副若無其事的樣子來上班了。

然後，她走到我面前，短短說了句「不好意思」。

雖然她迴避我的眼神，態度也顯得微慍，看到她深深低下頭時的後腦杓，我也只短短回答「沒關係」。就讓這件事到此為止。

趁吉高小姐外出辦事時，田淵先生對我說：

「浦瀨，你竟然那麼乾脆就原諒她了。我看吉高那個態度啊，恐怕在心裡對你翻白眼喔。」

我只能苦笑。

「不、她沒有辭職也沒有逃避，反而好好回來公司上班，可見心裡也是經過一番糾結的喔。所以，我決定信任今後的吉高小姐。」

田淵先生嚅動一對肥厚的嘴唇，嘟噥著說「是喔」。我拿出三張紙遞給他。

「這個，是新軟體的使用說明。我已經把田淵先生容易卡住的地方整理出來了。」

「欸？哇！好棒，有這就幫了大忙了。」

田淵先生看著我做的使用說明，佩服地點頭。這麼一來，我就不用再被田淵先生打斷手頭工作，他也不會老是問我同樣的問題了。

「一起提高工作效率吧。」

首先，把當上班族時的工作方式調整好，不加無謂的班。這也是為即將展開的斜槓人生做準備。

田淵先生開玩笑地說：

「咦？浦瀨，你的表情都不一樣了喔？看你這麼起勁，今天去喝兩杯吧？」

「不、今天我要準時下班。」

今晚，我跟那須田哥約好要碰面。關於店面地點的選擇、不動產的狀況和室內裝潢等等，從現在開始，要請他一點一點指導我。

那之後，比奈仍繼續與茂木老師保持聯絡。他好像說要介紹礦物販賣的管道給比奈。

順著不知何時連繫起來的看不見的線，我們持續行動。

雖然待辦的事還有很多，我已經不再想用「沒時間」當藉口了。我希望用「有限的時間」思考自己辦得到的事。

「總有一天」即將變成「明天」。

刻在湯匙上的山羊，在我心中奔馳。

第三章

夏美 四十歲 前雜誌編輯

過去曾是孩子的我們所有人，明明都在人生中的某一刻得知過「世上沒有耶誕老人」，耶誕老人卻從來沒有要從耶誕節這個節日消失的意思。這並非因為年幼的孩子還相信著他。而是因為，曾是孩子的大人們，在成為大人後依然打從心底理解「耶誕老人」的真相，並且活在這樣的世界中。

這本書，我到底反覆讀了幾次呢？

拿掉書衣，底下是純白的封面。這也是我中意這本書的地方。有時，我會把這本書當成護身符，帶著到處走。貼在書上的好幾張便利貼，從白色的書體裡探出色彩繽紛的頭。

今天早上，撕下月曆後出現了十二月。今年耶誕節，要送女兒雙葉什麼禮物好呢？煩惱怎麼當耶誕老人也很有趣。

不經意地，視線望向窗外。

距離那個夏日，已經過了三個月呢。一邊感受著十二月的陽光，我一邊這麼想。

逼近的年底，正午的蔚藍天空中，隱約可看見白色的上弦月。

＊＊＊

暑假結束，公司整體恢復日常模式。

——八月。

我任職於出版社「萬有社」。隸屬的資料部負責管理所有公司出版的媒體，當員工需要過去的資料時，協助調出他們在尋找的東西。此外，提供給外部的公司概要及資料文件也是這個部門的工作。

部門成員除了我之外，另外五人都是邁入中老年的男性。他們各個沉默寡言，我都已經調來這個部門兩年了，還無法融入其中。

調來資料部之前，我隸屬雜誌《*Mila*》編輯部。這是一本以二十幾歲女性為主要對象族群的情報誌。

進公司至今十五年，我一直不顧一切地勤奮工作。在這段期間當中懷孕，雖然很突然但並非計畫之外。考慮到自己三十七歲的年紀，那時懷孕本就是自己期望的結果。在這個階段把孩子生下來，就能早點回到工作崗位，無論身體或工作狀況的風險都能壓在最低限度。

不可否認，多多少少還是有點勉強。得知懷孕後，到進入穩定期前，我只向總編一個人透露這件事，因為不想讓同事因此顧慮我太多。獨自默默忍受害喜時的難受，因為荷爾蒙改變而劇烈來襲的睏意，就嚼大量薄荷口香糖來熬過。

直到肚子大到無法遮掩，必須告知大家懷孕的事，我仍拚命工作，不希望大家因為我是孕婦，就不想跟我一起工作。

幾乎是工作到臨盆前最後一刻，過完年生下了小孩。一月生產的話，可以申請整整一年四個月的育嬰假，一路休到明年。可是，我決定四月就回來上班。要把剛出生三個月的雙葉送到托兒所雖然有點猶豫，但我認為非得早日回到工作崗位上不可。

當然，恢復上班的第一天，我就回到Mila編輯部報到了。

久違的同事們一看到我，說「歡迎回來」時的笑容有點尷尬。正當我為大家見外的態度感到奇怪時，總編就說著「崎谷，妳來一下」，把我叫到會議室。接著，劈頭告知將我調到資料部的事。

「為什麼？」

我好不容易才用顫抖的聲音擠出這句話，總編卻回答得不當一回事。

「因為一邊帶小孩一邊做編輯部的工作一定會很辛苦啊。」

「可是我……」

難以言喻的疑惑與憤怒，不斷從身體裡噴發。

為什麼。為什麼。為什麼。我一心以為自己能回到這裡，連休育嬰假的時候也每個月翻遍Mila的每一頁，每一個角落都不放過，還會找資料、想企劃。這一切都是為了回到職場後能馬上投入工作，把落後的進度趕回來。

我花了十三年的時光，在Mila建立起的東西究竟是什麼。難道我留下的價值，甚至不足以讓編輯部等我回來嗎？我從來沒想過自己會失去在這裡的一席之地。

「為了讓妳能朝九晚五準時下班，人事部也是費心安排了。」

總編安撫的口吻，讓我忍不住激動起來，一迭連聲地說：

「沒問題的，我能兼顧工作和育兒，也和外子討論過了，育兒的工作兩人一起分攤。我還透過媒合應用程式找到好幾位保母，遇到需要加班或聚餐時也能應付得來。」

「這事已經決定了，妳不用勉強自己做到那個地步，去資料部比較輕鬆啦。」

總編打斷我，語氣中聽得出不耐煩。

這或許是有生以來，我第一次知道絕望是一種什麼樣的情感。站在公司的立場，說不定還認為這個判斷是為了我好。可是，我一點都不想過得比較輕鬆。只覺得像被公司判定「妳已經沒用了」，整個人掉進伸手不見五指的洞穴。

萬有社至今還沒有一個女性員工生小孩。沒有前例可循。既然如此，就由我來創造前例吧。曾經打著這個主意的我真是太天真了。

接下來這兩年，我好幾次考慮換工作到其他雜誌編輯部。可是老實說，和丈夫的分工合作一點也不順利，育兒這件事充滿事前預料不到的問題。我的生活變得比自己想像中更不自由，也很難預先規劃。承認這點很痛苦，但我現在或許真的難以再像從前那樣，在雜誌編輯部內跟同組同事一起完成分秒必爭的工作。既然如此，也只能待在這個資料部養精蓄銳，忍耐到孩子長大再說。

牆上的鐘顯示時間剛過五點。我無聲地站起來，揹起包包，輕輕離開位子，走到走廊上。同部門的大家還低著頭在工作，明明準時下班也沒做錯事，我卻產生了罪惡感。

家附近的托兒所已經滿額，沒辦法送孩子進去。當初為了趕著回工作崗位，只好勉強把孩子塞進離隔壁車站還要走一小段路的另一家托兒所。這麼一來，托兒所離公司就更遠了。即使準時五點出公司，只要錯過一班電車，轉乘就會不順，接孩子的時間也會推遲。每次看到托兒所只剩雙葉一個孩子孤零零地在等我，我就一陣心痛。

從公司小跑步到車站要花上七分鐘。前三分鐘對還在工作的同事滿心歉疚，後四分鐘則充滿對雙葉的歉意。對不起、對不起……總是像這樣一邊在心中道歉，一邊穿過剪票口。

丈夫修二今晚大概又要遲歸了吧。隨著電車搖晃的我，望著窗外還亮的天色出神。

昨天星期五才得知修二週末要出差。在活動公司工作的修二，最近加班或出差的次數好像愈來愈多了。或許真的是臨時才決定的行程，但還是希望他能提早讓我知道啊。

日常生活中，有太多瑣碎的事得處理。光是一個托兒所，就不只接送小孩這麼簡單。要寫聯絡簿，要準備帶去托兒所的東西，舉行各種節日活動時，也各有事前必須準備的東西。到了週末，還要加上平日忙不過來的事，像是曬棉被或打掃浴室，檢查冰箱裡的食材等等。

不、那些事都不是非做不可。既然修二不在，浴室稍微髒一點也沒關係，吃的東西也不用那麼講究。

要說最痛苦的是什麼，就是原本期待到了週末就有丈夫分擔的家事和育兒工作，現在卻變成了我的單打獨鬥。

我知道修二其實算疼小孩的爸爸。幫孩子換尿布也不嫌煩，雙葉開始吃離乳食品時，他還曾上網找食譜自己動手做。最重要的是，他看雙葉的眼神總是充滿疼愛與溫柔。無論生活上發生什麼麻煩事，光是有修二在身邊，心情上就輕鬆許多了。只是，和無時無刻必須照看的幼兒獨處，使我隨時隨地處於精神緊繃的狀態，感覺走投無路。

我當然也覺得雙葉可愛，這話絕對沒有摻雜一絲謊言。可是，這份情感和密室育兒的封閉感完全是兩回事。

早上送修二出門後，我還想睡個回籠覺，雙葉就醒來了。也不知道為什麼，只要放假她就醒得特別早。

吃完早餐，雙葉把所有玩具都從玩具箱裡拿出來，開始玩了起來。我趁機把洗好的衣服拿上陽台晾。

雙葉在托兒所午睡用的床單太佔空間，把衣架掛上曬衣桿時，只得掛得密一點。

托兒所指定用拉鍊式的床單，星期五去接孩子時，從床墊上拆下來，星期一早上再裝回去。每週一早上得多花上不少時間和心力做這件事，但我跟修二說了之後，他也只回了句「是喔」。廢話，只聽不做的人當然覺得這是小事一件，無法理解箇中麻煩。一想起這個，我又有點難以釋懷了。

從陽台回到客廳，雙葉盯著電視卡通目不轉睛，玩具散落一地。

「小雙，玩具如果不玩了就收起來。」

「不要。」

「丟著不收的話，媽媽要丟掉了喔。」

「不要！不可以丟掉！」

「那就收起來。」

「不要！」

說什麼都「不要」的時期。這是兩歲兒童惡魔般的特徵。因為是成長過程必經階段，育兒書上都說不要責罵，從旁耐心守候就好。我只能安撫不夠成熟，心煩氣躁的自己，跨過滿地玩具走進廚房。

洗起昨晚放進流理台就不管了的雙葉的水壺。這種打開蓋子就會彈出吸管的水壺髒得快卻不好清。為了漂白和殺菌，我先拆掉沾了茶垢的密封墊圈，再把水壺泡進餐具用的漂白水裡。這也是週末家事之一。像這種單調乏味又瑣碎的事，意外地特別耗時間。就連放假也無法抱著從容的心情度過。

從容。從容是嗎？要是從容買得到，我還真想花錢買。

心想自己或許不適合育兒，忍不住嘆了口氣。還以為能做得更好呢。一想到整整兩天得和雙葉一起綁在這個房間裡，就覺得時間好漫長。

不如去公園吧。可是，要是運氣好人不多就算了，萬一遇上那群總聚集在公園裡的媽媽，我都怕得只敢繞公園走一圈就回家。這麼一想，去公園實在不是個好主意。

還有其他輕鬆又能帶著雙葉打發時間的地方嗎？去水族館或動物園之類的太大費周章，去區立圖書館的公車班次又太少。

忽然想起，忘了什麼時候去接雙葉時，托兒所的園長老師說「社區活動中心的圖書室裡，有個童書區」。

未來雙葉要上的小學裡，似乎附設了社區活動中心。當時趕著回家，只聽園長提了一點，沒有太放在心上。拿起手機搜尋一番，原來是間滿正式的設施。有集會室、和室，還常舉行一些給成人參加的講座。

從我們家走到那所小學只要十分鐘左右。除了順便散步，雖然離上小學還早，先去看看未來要讀的學校長什麼樣也不錯。

「小雙，我們出門走走吧？」

原本蹲在電視機前的雙葉跳起來。太好了，這次沒有說「不要」。

手牽手走在人行道上，雙葉踩著跑跳步蹦蹦跳跳，戴草帽的頭也搖搖晃晃。

「小雙啊，有穿子襪喔。」

這麼說著抬起頭的雙葉表情得意，我情不自禁笑出來。「子襪」說的是她最近中意的貓襪子。雖然是老王賣瓜，我女兒的這種地方真的很可愛。

穿過小學正門，繞過一堵矮牆後，就看到寫著「社區活動中心由此入」的箭頭招牌。走入一條細細的通路，出現在眼前的白色建築似乎就是了。在入口櫃檯填寫了姓名、來館目的和來訪時間，走進活動中心。圖書室在一樓最裡面。

一進圖書室，就看到右側後方的童書區。一圈矮櫃環繞的空間裡，鋪著泡棉地墊。裡面放的小矮桌邊角都是圓的。要進去似乎得先脫鞋。

裡面還沒有其他人，我鬆了口氣，和雙葉一起脫下鞋子，坐進童書區。

四面八方都是繪本，感覺好療癒。我隨機從眼前看到的繪本裡抽出幾本。出於職業病，忍不住先確認了出版社。空音社。楓書房。星雲館。出版童書的出版社，連名稱聽起來都很溫柔。

雙葉開始脫襪子了，明明剛才還穿得那麼高興。

「小雙，妳會熱是嗎？」

「赤腳、赤腳的接螺浦。」

「接螺浦？」

雖然最近她已經滿會講話了，有時還是會說出莫名其妙的詞彙。我把雙葉脫下的襪子揉成一團，放進媽媽包。雙葉開始在書櫃前走來走去。

綁馬尾的女孩從書櫃另一邊探出頭來。

「是不是在說赤腳的傑羅布？」

身上穿著深藍色圍裙，手上拿著好幾本書。她應該是圖書室的工作人員吧。掛在脖子上的名牌寫著「森永希美」。臉上掛著宛如新綠嫩芽般清新笑容的希美小妹說：

「是很受歡迎的系列繪本喔，《赤腳的傑羅布》，主角是一隻蜈蚣。」

「欸、蜈蚣……」

希美小妹嘻嘻一笑，脫下鞋子進入童書區。手上的書暫放矮桌，俐落地從書櫃裡拿出一本繪本，交給雙葉。

「接螺浦～！」

雙葉興奮地撲向繪本。大概是在托兒所裡看過的書吧。翻開封面，裡面畫著擬人的蜈蚣角色，正在拚命把鞋子穿上腳。那麼多的腳，其中一半還打著赤腳，另一半穿著各式各樣的鞋子。我望著那刻意醜化，難以稱得上可愛的畫風，希美小妹說：

「蜈蚣的名字叫傑羅布❹，又是這樣的畫風，大人看了或許會覺得噁心，小孩子們卻很喜歡喔。裡面還會出現蒼蠅和蟑螂等角色，因為內容很有愛，所以總覺得這樣也很棒呀。對這些被視為害蟲的蟲子沒有先入為主的觀念，用孩子的視線看世界，我認為這是一本出色的繪本。」

好厲害，她是書的專家呢。我佩服地點頭。

「這裡的書可以外借嗎？」

「可以的，只要您是區民。如果還想找其他的書，裡面有圖書職員，可以提供諮詢。」

希美小妹伸手指向圖書室的另一邊。中間設置了隔板，看不太清楚裡面的狀況，只看到天花板下吊著一塊寫有「諮詢區」的牌子。

「我還以為妳就是圖書職員呢。」

我這麼一說，希美小妹就難為情地揮揮手。

「沒有啦，我還在學習。因為只有高中學歷，要當圖書職員的話，必須先累積三年的實務經驗。現在才第一年，還要多多努力才行。」

❹ 原文的傑羅布為片假名，發音近似日文中的「嘔吐物」。

她有一雙水潤的大眼睛，我幾乎要被那耀眼的青春年華閃得頭暈目眩。為了從事自己想做的職業，在這裡腳踏實地累積「實務經驗」，這份毅力令人心頭一熱。

我想起自己也曾像她這樣，有想做的工作，努力參加就職活動。想進出版社工作，想做書。Mila是我最愛的雜誌，分發到Mila編輯部時，我真的非常開心。

五年前，說服作家彼方瑞惠在Mila上連載的人也是我。瑞惠老師當時七十歲，總編說她的作品不適合這本以年輕女生為對象的雜誌。更何況不是散文而是小說，和這類型的雜誌也不搭，一口回絕了我的提案。

然而，我認為瑞惠老師的文字絕對能打動年輕女生的心。在那之前，老師只創作歷史小說和純文學小說，即使如此，她的文字潛藏著充滿希望的訊息，我確信那正是會引起二十幾歲女性共鳴的聲音。只要小說設定及寫法投目標讀者所好，想知道故事走向的讀者一定每個月都等著購買Mila。

所以，我直接找編輯局長提案，結果被取笑「妳要是能說服彼方老師，就去試試看啊」。局長反對的觀點又和總編不同，他認為地位那麼崇高的小說家，不會願意在這種給小ㄚ頭看的雜誌上執筆創作。

於是，我對瑞惠老師展開窮追不捨的攻勢。一開始她拒絕了我，找藉口說在月刊雜誌上連載對她而言已經太吃力。

可是我一次又一次地拜託她。瑞惠老師的小說蘊藏特有的堅強與開朗，我希望能傳遞給那些努力打拚生活的女孩子們。我這樣懇求她，也保證一定會盡全力支援她的寫作。

第五次拜訪瑞惠老師，她終於點頭答應了。她說「我想知道和崎谷小姐合作，能誕生出怎樣的故事」。

描繪兩個不同類型女孩之間，無法用「友情」或「競爭對手」一言以蔽之的關係，瑞惠老師的新作品《粉紅懸鈴木》開始在Mila連載。這部被暱稱為「粉懸」的小說，很快成為Mila的賣點。雜誌銷量提升，連載的影響顯然功不可沒。歷經一年半的連載，在大受讀者好評中迎向最終回，決定集結成冊。萬有社沒有文學部門，將連載內容編輯為一本書與跑書店推廣，都成了我的任務。同一時間仍要進行Mila的編輯工作，那是我進公司後最忙碌的一段時期。但是，我每天都開心得激動顫抖。

後來，這本小說拿下一年一度的大型文學獎「書櫃獎」。到了這個地步，公司裡的氣氛也不得不沸騰起來。以雜誌為主力的萬有社，竟然能沐浴在文學獎的光環下，這是前所未有的事。在走廊上和編輯局長擦身而過時，他還叫住我，暗示可能升我當副總編。

然而隨後不久，我就發現自己懷孕了。對必須暫時休假的事，不是沒有不安。可是，我自詡對公司有某種程度的功勳。我熱愛這份工作，和瑞惠老師也建立了信賴關係，等生完孩子回歸職場後再繼續努力就好。對我來說，編輯的工作本該是萬分珍惜的努力結晶。

沒想到——

這一切都被拿走了。過往的經驗與努力，完全沒有受到認同。

早知道不能回Mila，我又何必在休育嬰假時滿腦子工作，還不如多花點時間陪伴雙葉。那些雙葉睡著後，屬於我一個人的寶貴時間，全都拿來思考新企劃和蒐集情報了。早知如此，還不如跟雙葉一起在床上打滾，要不然也可以看韓劇或做自己有興趣的事。

兩邊都做得差強人意，不夠到位，但眼前瑣碎的每一天已讓我忙得騰不出手。

我該如何是好。該做什麼才對。不知怎地，思考始終在同個地方打轉，像闖進沒有小路可鑽的迷宮，只能發著牢騷，一點也沒有前進。

我對坐在地上攤開繪本的雙葉說：

「小雙，那邊也有有趣的繪本，我們去找找看好嗎？」

雙葉明明有聽到，卻連「不要」也不說，看傑羅布看得入迷。希美小妹對我說：

「我來幫忙看著小雙吧，請您過去那邊找書沒關係。」

「咦、可是……」

「反正現在沒有其他訪客，請別客氣。」

恭敬不如從命，我穿上鞋子。要是能從這裡借幾本不錯的繪本回家，或許能撐過一段週末時光。

我穿過也拿來充當佈告欄的隔板，往諮詢區裡窺看，一看之下，不由得戛然止步。

櫃檯裡坐著一個又白又大的女人。年紀不確定，大概五十歲左右吧。不知道是特別訂做還是海外品牌的大尺碼，她身上穿的白色長袖襯衫，市面上應該買不到。上面罩著象牙白色的圍裙，連那圓鼓鼓的皮膚都白皙得沒有一絲斑點。該怎麼形容才好呢，就像迪士尼動畫裡的角色「杯麵」。

這位圖書職員板著臉，低著頭，似乎專注於什麼細緻的手工。想知道她在做什麼，本著好奇心靠近一看，海綿墊上放著一團像毛線的東西，而她正拿針戳刺那個。

這個我知道。羊毛氈。雖然不是我負責的單元，以前Mila做過介紹羊毛氈的專題。拿針在棉花團一般的羊毛上戳刺，就能戳出造型來。

換句話說，她在做手工藝。大概是吉祥物之類的東西吧。從這龐然身軀手中做出這麼迷你的東西，這才真的很有動畫感。在好奇心驅使下，我一直盯著她的手。

手邊有個深橘色的盒子。那是老牌點心吳宮堂出的Honey Dome包裝盒。半球形的軟餅乾，咬下去裡面會溢出蜂蜜，非常美味。因為是廣受男女老少喜愛的甜點，我也曾買來慰勞作家。一想到這位圖書職員也喜歡吃這個，忽然湧現一股親近感。

圖書職員的手倏地停下，眼睛朝我投以一瞥，我不由得縮了縮身子。

「不、不好意思……」

其實也沒什麼好道歉的，我卻不知為何有點畏縮。看到這樣的我，圖書職員問：

「妳在找什麼？」

感覺就像有一團軟乎乎的東西包圍身體。

那聲音就是這麼不可思議。稱不上親切或開朗，只是平板無起伏的低音。但是，這句話卻產生了一股深深的親暱感，讓人好想把身體和心靈都託付給她。

若問我在找什麼，我在找的東西好像很多。今後我的生存之道是什麼？內心的鬱悶該如何排解？育兒需要的「從容」在哪裡？我在找的，大概就是這些吧。

不過，這裡不是心理諮商中心。所以，我只回答「找繪本」。

圖書職員胸前掛著寫有「小町小百合」的名牌。怎麼會有這麼可愛的名字啊。圖書職員小町小姐。她將Honey Dome的盒蓋打開，收起手上的針。原來她拿空盒子當針線盒。

小町小姐淡然地說：

「繪本，那可真的有很多喔。」

「有什麼可以給我兩歲女兒看的嗎？她很喜歡《赤腳的傑羅布》。」

小町小姐搖晃著身子，嘴裡喃喃低語：

「喔喔，那是繪本中的名著。」

「看在專家眼中好像是這樣呢。不過，我抓不太到孩子喜歡的點。」

我一這麼嘀咕，小町小姐就歪了歪頭。綁得緊緊的丸子頭上，插著有白色流蘇花飾的髮簪。她真是喜歡白色。

「哎、所謂的育兒啊，多的是沒有實際去做就不知道的事。太多和想像中不同的部分了。」

「沒錯沒錯，就是這樣。」

我頻頻點頭稱是。覺得遇上能理解自己的人，忍不住吐露真心話。

「就像覺得小熊維尼可愛，但實際跟熊一起生活可完全不是那麼回事。兩者之間的差異就是這麼大。」

「哇哈哈哈哈！」

小町小姐忽然豪邁大笑，把我嚇了一跳。沒想到她會發出這麼大的聲音，而且我根本不覺得自己說了笑話。

不過，這下我就放心了。這表示，在這裡說這些話也沒關係。牢騷就這樣脫口而出。

「……我啊，生完孩子後做什麼都不順利。想做的事不能做，內心著急得不得了。心想，明明不應該是這樣的。女兒當然很重要，這是真的。只是，育兒比想像中還棘手。」

小町小姐止住了笑，再度淡定地說：

「生小孩畢竟不是一件輕鬆的事，生產可是女人的一大事件。」

「是的，我覺得世界上的母親都很偉大。」

「對啊。」

小町小姐微微點頭，頭朝我轉過來，直視我的眼睛說：

「但是，我是這樣想的喔。媽媽雖然很辛苦，我生下來的時候也承受了相當大的痛苦和折磨，使盡所有力氣來到人世的，不是嗎？在母親肚子裡待了十個月，也沒人教我們，就自己長成了人類的形狀，來到這個環境完全不同的世界。

接觸到這個世界的空氣時，一定嚇了一大跳吧。心想，搞什麼，這是哪裡啊？只是長大後大家都忘了而已。所以，每當開心或幸福的時候，我都會感慨萬分地想，不枉費我當年努力出生。」

這番話使我大受衝擊，一時之間無言以對。小町小姐重新把身體轉向電腦。

「妳也一樣喔。人生中最努力的時候，大概就是生下來的那一刻吧。之後的事，一定都沒那時難受。連那麼痛苦的事都能熬過了，現在一定能好好克服的。」

說完，小町小姐端正坐姿，雙手放在鍵盤上。接著，只聽見一陣答答答答，雙手飛快敲打鍵盤。彷彿只有手指變成機械一樣。我傻眼地看著她，她已敲完最後一顆按鍵。下一瞬間，印表機喀啦喀啦動起來。

印表機吐出的那張B5影印紙上，印著填入書名、作者名及書架編號的表格。我仔細盯著她交給我的這張紙上的文字。

《澎澎先生》、《歡迎回家，東東》和《什麼、麼什》。這三本一看就知道應該是繪本。吸引我目光的，是那下面的字。

《月亮之門》。作者石井由香里。

石井由香里我知道。她每天都會在社群網站上發表當日星座運勢。還在Mila時，同事甚至加了她的官方LINE帳號。我不太看星座運勢，但也知道女生都喜歡這類東西，曾想過在雜誌上做占星專題。不過，我自己平常並不會每個月都翻到星座頁去看。

還以為石井由香里出了繪本，仔細一看，只有這本書的類別和書架編號不一樣。我問小町小姐：

「這是占星書嗎？」

沒有回答我的問題，小町小姐身體往下微彎，打開櫃檯下方的好幾格抽屜，從第三格裡取出一樣東西遞給我。

「請收下，這是給妳的。」

那是一顆圓圓的羊毛氈。藍色球體上，有黃色和綠色的塊狀圖案。

……地球？

「真可愛，這是小町小姐做的嗎？我女兒一定會很開心。」

「這是給妳的贈品。」

「咦？」

「借書附送的贈品喔。《月亮之門》的。」

我不太懂她意思。看我一臉疑惑，小町小姐拿起針說：

「羊毛氈的優點，就是做到一半也能重新來過。即使已經完成一定程度，做著做著還是想改的話，隨時都能修正軌道。」

「是唷，這樣的話，和一開始想的不一樣也沒關係呢。」

小町小姐不再說話，板著臉低下頭，繼續戳起剛才戳到一半的羊毛氈。似乎不打算再跟我說話了。

既然她擺出「業務到此結束」的肢體語言，我也不好意思再說什麼，將地球放進包包的內袋，朝童書區走回去。

希美小妹正在為雙葉讀繪本。我決定稍微仰賴她一下，自己朝一般書籍的書櫃走去，找尋那本《月亮之門》。

《月亮之門》是一本封面畫著朦朧白色半月的藍色……藍色的書。

不只書衣封面和書本封面，連天、地⑤和書口……也就是書頁的所有橫切面都塗成了藍色。不過度暗沉也不過度華麗，是一種深邃悠遠的藍色。翻開封面，看見的扉頁則是墨汁般的深黑色。把書打開一看，框在深藍色裡的奶油色紙張映入眼簾。跟著書上的文字讀下去，心情就像在半夜閱讀。

快速翻頁瀏覽，「母」這個字吸引了我的視線，翻頁的手停下來。

在占星的世界中，月亮意味著「母親、妻子、兒時回憶、情感、肉體與變化」。

月亮意味著母親或妻子？

明明「母親是全家的太陽」才是最常聽見的說法啊。正因如此，當媽媽的好像一定得隨時面露開朗笑容才行。書中的觀點令我意外，便翻回那附近往下讀，一讀之下，內容饒富興味。

女性懷孕時隆起的圓肚、月經週期和月亮週期的一致，這些都能讓人將母體

❺天、地是書籍印刷術語，指書本的上側和下側。

與月亮的形象聯想在一起。書中也舉了亦被稱為處女神祇的月之女神阿提米絲和聖母瑪利亞的例子，進行一番月亮同時象徵處女性與母性的考察。

真有意思。同時，文體也優美易懂，輕輕鬆鬆就吸收進腦子了。與其說是「占星」的書，不如說是一本將月亮「敘述」為平易近人存在的書。我看了封面折口上作者石井由香里的簡介，頭銜不是「星座占卜師」而是「作家」。不知怎地，我很能接受這個說法，想好好仔細閱讀這本書，就決定借它回家了。

回到童書區，對照表格上的書名，這次找的是另外幾本繪本。最後借了小町小姐推薦的那三本，以及雙葉愛不釋手的《赤腳的傑羅布》。請希美小妹幫我做了借書證，總共帶回五本書。

「小雙要自己拿——！」

赤腳套上鞋子的雙葉，緊緊抱著傑羅布的繪本。蜈蚣與蟑螂拯救了我的週末，真是太感謝這本繪本的作者和出版社了。

然而，在家很難靜下心來專注閱讀，這也是育兒之後才領悟到的事實之一。難得借來的《月亮之門》，過了一個週末，今天都星期一了，我才只在通勤電車裡讀了幾頁。

在Mila的時候，坐在辦公室位子上看書也不用在意別人眼光。因為就算看的書和工作無直接相關，也可能成為雜誌內容的靈感。

不過，現在來到資料部，連普通閱讀都不敢。那麼做只會被人認為在偷懶。

我一如往常坐在位子上，正在看堆成一座小山的資料時，門口有人喊「崎谷小姐」。

赫然抬頭，站在那裡的是木澤小姐。她是Mila的編輯成員，我休產假前不久才從別的公司轉職來萬有社，年紀跟我一樣大，但是未婚。跟她沒有太多互動就調部門了，所以不太熟。或許因為一起工作的時間不長，老實說，我不知道怎麼跟行事作風毫不拖泥帶水的她相處。

我休育兒假那段期間，木澤小姐坐上Mila副總編的位子。一方面是因為在上一間雜誌出版社時，她就已是業界知名的厲害編輯，公司裡也有謠言說是社長挖角她過來的。我調部門後，瑞惠老師的責任編輯交接給她，這或許也是我和她保持距離的原因之一。

木澤小姐遞過來一張紙。

「想請妳幫我申請這些資料。」

「啊、好的。」

我接過木澤小姐手中的指示單。她要申請的是包袋品牌型錄。不走進資料部，只站在門口喊我，大概是因為她認為其他大叔員工不懂這些吧。還是說，她故意要讓我看看Mila的編輯都是怎麼做事的？

「這星期內可以給我嗎？」

木澤小姐以冷淡的語氣這麼說，我看見她眼睛下的黑眼圈。身上穿著寬鬆的毛衣和牛仔褲，凌亂的頭髮用個鴨嘴髮夾夾住。

從日期看來，今天大概是校對完稿的日子。這身服裝表示她已做好熬夜的準備。

一股陰沉的痛楚在心底翻湧。我也曾經是那邊的人。

「我想應該沒問題。」

我這麼回答，為了掩飾不平靜的心情，刻意用開朗的語氣笑著問：「今天要完成校對嗎？」木澤小姐摸摸自己的頭髮說：

「嗯、對。」

「真羨慕你們哪，還是編輯部的工作做起來有成就感。」

我只是想閒聊，木澤小姐卻瞬間轉移視線，笑得很不自在：

「可是，我一直在公司忙，幾乎沒回家喔。有時連最後一班電車都來不及搭，只能自掏腰包搭計程車回家。一次也好，我也想準時下班回家啊。」

我心頭一沉。她說自己「也」是什麼意思？

「是說，我就算回到家，家裡也沒別的人，徒增寂寞啦。」

木澤小姐以自虐口吻這麼說，我無法做任何回答，只能盡可能堆出客氣笑容當作回應。

她這種說法，聽起來倒像是在羨慕我。會有這種想法，是因為我太偏激了嗎？即使木澤小姐累得滿臉憔悴，我才是那個嫉妒她嫉妒得想吐的人。

我很想對木澤小姐說，既然這麼想早點回家，那妳就辭掉工作啊。明明是妳自己高興喜歡才選擇進編輯部的吧。

可是，我也知道這句話可以原封不動還給自己。沒錯。是我自己的選擇，無論是生下孩子，還是養育她。

不能奢望太多嗎？想兼顧家庭與工作是奢侈的想法嗎？不能發洩內心的不滿

嗎？

我悶不吭聲站在那裡，木澤小姐忽然說：「啊、對了。」

「後天彼方老師要舉行座談活動。」

緊繃的心倏地放鬆。瑞惠老師嗎？

「雖然跟我們公司無關，沒有參加的義務，總編說還是去露個臉比較好。可是，我手上工作做不完，崎谷小姐妳能跑一趟嗎？」

「……我要去！」

我二話不說馬上答應，把木澤小姐嚇了一跳。

「那，詳情我再寄E-mail，麻煩妳嘍。我也會請總編知會資料部長一聲，請他通融。」

一邊轉身一邊說完最後一句，木澤小姐踏上走廊離去。

不管木澤小姐怎麼想，我都無所謂，反而對她問我要不要去心懷感激。這麼一來，我就能見到瑞惠老師了，還能做點像編輯的工作，以一個前任責任編輯的身分。

隔天，我利用午休時間去書店，買了瑞惠老師的新書。今天是發售日，座談活動為的應該就是宣傳這本書。

明天的座談活動，將於十一點在市區內的飯店舉行。

我一跟瑞惠老師聯絡，她就說：「結束之後我們找個地方喝茶聊天吧。」

我好高興，真的好高興。

回程的電車裡，趕緊翻開新書，卻連一半也看不完。今天無論如何都要早點哄睡雙葉了。

接雙葉回家的路上，她一直唱著在托兒所學會的歌。好像很喜歡的樣子，回到家後也自己配合歌曲編了舞蹈動作，整晚唱個不停。

幫她洗完澡，把她放倒在床上，我自己也躺在旁邊。寢室電燈調暗，用手輕拍雙葉胸口。

「早點睡吧。」

雙葉卻鬧著不肯睡，還故意唱歌唱得更大聲。我忍不住大罵：「把眼睛閉起來！」

「不要！小雙要唱歌！」

責罵只收到反效果。雙葉更亢奮了，張開雙腿站在棉被上。

修二什麼時候才要回來呢？要是能知會一聲回家的時間，至少我可以告訴自己，只要等到那時候幫手就會現身，心情上也會輕鬆點。然而，修二連個LINE都不傳給我。

拗不過雙葉，我只好把電燈調亮一點，趴在雙葉身邊攤開瑞惠老師的書。

雙葉又唱了一會兒的歌，但是過了不久，她也打開放在枕頭旁的繪本了。大概是在模仿我吧。看著書裡的插畫，嘴裡嘰哩呱啦地說話。儘管心想她大概想要我唸給她聽，我仍不太理會雙葉，繼續讀自己的小說。現在連浪費一分鐘都嫌可惜。

瑞惠老師的小說果然有趣。不知道她和這本書的編輯經過了哪些討論，以什麼樣的方式建立起這個故事呢？

唉，我也好想試試看。心情激動得難以按捺。

接下來好一陣子，我就這樣一邊聽著雙葉的聲音一邊讀小說，意識卻在不知不覺中模糊。

似乎讀到一半就不小心睡著了。連修二回來也沒察覺，我就這麼在沒把小說讀完的狀態下迎向早晨。

早上一起來，就聽見雙葉在打噴嚏，還流了鼻水。

我急忙用手摸摸她的額頭，沒有想像中燙。懷著祈禱的心情抱起她，將體溫計夾入腋下。

「咦？雙葉沒事吧？」

修二的聲音聽起來很悠哉。開著冷氣睡著雖然是我的錯，對不設定關機時間就自顧自鑽進被窩的修二，我也覺得有點火大。

體溫計發出嗶的聲音，三十六點九度。內心閃過一絲不安，不過，應該沒問題吧。

拜託，一定得沒問題。唯獨今天一定得沒問題。

我小心翼翼地對修二說：

「欸、我問你喔……」

「嗯？」

「我想應該是沒問題啦，不過萬一，我是說萬一喔，萬一今天托兒所通知家長帶雙葉回家，你可以去接她嗎？」

「啊——不可能耶，今天我得去幕張。」

「……我想也是。」

問了也是白問。我做好外出準備，送雙葉到托兒所。去程的電車裡，我匆匆接著讀瑞惠老師的書。總不能連結局都不知道，只好跳著翻看，這才勉強讀完。

真不想用這種草率的態度讀瑞惠老師的小說。想找個安靜的地方，安穩地坐著，放鬆心情沉浸在瑞惠老師筆下故事的世界。可是沒辦法。

拜木澤小姐口中的「知會、通融」之賜，我得以在上午十點溜出辦公室。上個廁所，才剛走出公司，手機響起來電通知。

看到螢幕顯示「筑紫托兒所」，我不禁一陣恐懼。

一定是雙葉發燒了。

假裝沒看見吧。只要當作沒注意到就好。可是，身為父母，這通電話非接不可。心裡的另一個我與自己角力拉扯。

忽然，鈴聲中斷，轉為語音留言。

我等對方留言完，再將手機拿到耳邊聽留言。是雙葉的導師麻由老師的聲音。

——雙葉發燒了，請來接她回家——

只要……

只要假裝沒聽見這個。

托兒所應該會打去公司，這麼一來，資料部的誰就會打電話給我。不過，我也可以假裝把手機忘在家裡了。

放棄和老師的茶敘，只參加座談會就好。一結束立刻聯絡托兒所，趕緊跑過去的話，兩點前應該能到。這樣至少還可以接受吧。畢竟雙葉一直待在安全的托兒所裡啊。

即使心裡這麼想，腦中還是浮現雙葉哭泣的臉。

可能昨晚踢被了。又或許是吹冷氣著涼了。她現在說不定正受著高燒折磨。都是沒辦法哄她早睡，還自己不小心睡著的我的錯。想起雙葉對著繪本說話，我卻理都不理她，罪惡感湧上心頭，我真是個過分的母親。

要是不能去參加座談會，木澤小姐和Mila總編一定會認為我果然是派不上用場的傢伙。可是，就這次的事情來說，即使沒有出席，也沒有任何工作會開天窗或出紕漏。說到底，就只是我自己很想去而已。

我緊閉雙眼。

接著用力嘆了一口氣，回撥電話給托兒所。

到了托兒所，雙葉一看見我就笑著跑過來。

……什麼嘛，很有精神啊。老師不是說她燒到三十七點八度，整個人都無神了嗎？

麻由老師也走出來了。她是個剛滿二十歲的新手老師。

「雙葉原本無精打采的，結果好像只是有點睏啦。體溫也降到三十七點一度了。」

安心的同時，一股委屈的情緒湧上來。早知如此就不必來接了。今天本該是特別的日子啊。回過神來，我已經在哭了。

「哎呀，雙葉媽媽這麼擔心啊。」

麻由老師笑著這麼說，我低聲埋怨：

「……為什麼總是女人在承受。」

我都不知道自己能發出這麼低沉的聲音，把麻由老師嚇了一跳。她或許不明白我為什麼這麼說。

不只是我，來接孩子的大多是母親。這個社會仍然以為這才是天經地義。原本的工作受到嚴重影響的，無論如何都是那個「生下孩子」的人。

麻由老師忐忑不安地說：

「呃……那個，因為規定發燒超過三十七點五度就要聯絡家長……怕萬一高燒痙攣就不好了……」

我赫然回神，才發現自己的語氣好像在責備麻由老師。

「不、我不是那個意思。抱歉，謝謝老師。」

抱起雙葉，打好退堂卡後離開托兒所。

回到家，量雙葉的體溫，已經降到三十六點五度。吃過晚飯，吃著她最愛的蘋果優格，雙葉心情大好，把絨毛玩偶排在桌上玩耍。我打算讓她早點睡，八點一過就為她換上睡衣。

「今天要早點睡喔。」

「要是又發燒就傷腦筋啦。快，把兔兔收起來。」

「不要——」

「不要！不要收起來。」

這個也不要，那個也不要。

「媽媽也好想說『不要』啊。」

我嘆口氣，把雙葉和兔子玩偶一起抱到床上。

我、雙葉和兔兔並排著。雙葉發出咿咿呀呀的叫聲，和兔子玩偶說話。

……好想去啊。瑞惠老師的座談會，結束之後一起去喝茶，久違地和她談天說地。

前往托兒所途中，我先打電話到編輯部告訴木澤小姐不能去的事。木澤小姐只說：「沒關係啊。請令嬡多保重。」實際上她是怎麼想的，我完全參不透。

在電車裡，傳了簡訊給瑞惠老師道歉。立刻收到了她的回信。「這是育兒常有的事，別放在心上，我們下次再約。」

孩子似乎特別容易在對母親而言重要的日子發燒。擁有兩個兒子的瑞惠老師大概也曾有過這種經驗吧。

好想跟瑞惠老師聊聊喔。可是，現在的我已經不是編輯了。不是能自己隨口提出要跟老師喝茶聊天的立場。

仔細想想，那就是這份工作的一大魅力。能去見自己想見的人，一對一面對面，和那個人打從心底交流。

我覺得非常疲憊。在Mila的時候，不管再怎麼忙，再怎麼在外面奔波，精神還是很好。反觀現在，身體和心情都像黏土一樣僵硬沉重。

躺著想這些事，眼淚又汩汩流出。

今天也在不知不覺中，和雙葉一起睡著了。

醒過來時，已經晚上十一點半。

本來打的是趕緊哄睡雙葉，自己再來處理各種家事的主意。沒想到連自己都不小心睡著，我不禁有些沮喪。

雙葉睡得香甜，摸摸她的額頭，別說發燒了，甚至還有點冰涼。沿著髮際線撫摸一會兒，我站起身。

修二還沒回家。屋裡亂七八糟，流理台裡堆積著碗盤。傍晚收下來的衣服還連著衣架丟在沙發上。

我嘆口氣，決定先從折衣服著手。

玄關傳來門鎖轉開的聲音，是修二。

「我回來了——」

「這麼晚。」

「喔——有點忙啊。」

話是這麼說，他看上去並不特別疲倦。修二從我身邊走過，傳來一陣酒臭味。

「你去喝酒了？」

「欸？喔、嗯。喝了一點。」

「那晚飯應該是不用吃了吧？」

夾雜怒氣的我的聲音，令修二皺起眉頭。

「一小杯而已，有時就是會心情不好想喝酒啊。」

「……是有這種時候啊，我也會有，只是我不能去喝而已。」

話一說出口就停不住，像受到什麼刺激似的接二連三迸出來。

「去托兒所接送小孩的人都是我，煮不知道你到底要不要吃的晚餐的人也是我。就說今天吧，我也有想去的地方，卻只因為一點小事就被叫去托兒所。我總是被時間追著跑，做什麼都匆匆忙忙，自己的事順位全部都得延後，我不能去做的事太多了！」

「怎樣啦，我又不是去花天酒地！」

「可是你去喝酒了啊，連個聯絡都沒有！」

我忍不住丟出手中折好的毛巾。還記得要避開旁邊的馬克杯，是因為想到杯子破了麻煩的是自己。這種氣急攻心的時候，腦子居然還能瞬間計算這麼多。

「孩子是我們兩個人的吧。懷孕的時候，你不是說要互相幫忙的嗎？不管是接送小孩還是家事，修二也該多做一點吧！」

「妳的意思是說，我在公司不出人頭地也沒關係嘍？去著會議和出差不管，整天只要去接送小孩和早點回家煮晚餐就好？不可能吧。就現狀來說，有機動性去做這些事的，是部門通融度高，五點就能準時下班的夏美妳啊！」

我沒說話。心有不甘。因為，萬一修二在公司站不住腳，我也會很困擾。

可是，這太不公平了。只有我放棄職業生涯，只有修二可以自由專心工作，這太不公平了。

到最後，家事還是全都得由我一肩挑起嗎？

只因為我是母親？

「……吃虧的人都是我。」

我這麼說著，差點哭出來。修二明顯露出嫌惡的表情，一副想說什麼的樣子，卻瞪大了眼睛。

原來，雙葉站在客廳入口處。大概我們爭論得太大聲，把她吵醒了。

雙葉用慌張的語氣說：

「小雙、小雙會收拾。」

雙葉開始把玩偶收進玩具箱。看到她泫然欲泣的表情，我的心都揪起來了。

即使她聽不太懂對話的內容，肯定以為爸媽吵架都是自己的錯。她說不定認為，只要自己做個乖孩子，爸媽就會和好。

我忍不住從背後抱住雙葉。對不起、對不起啊，雙葉。

竟然說什麼吃虧。

妳明明是我最寶貝的孩子。是在期待之下誕生的孩子。然而，我卻說得像是雙葉毀了我的人生……

隔天上午，我接到一通內線電話，是瑞惠老師打來的。

下樓到大廳，身穿和服的瑞惠老師對我露出親暱的笑容。

我立刻明白，瑞惠老師之所以不打手機，使用內線電話，是為了讓我名正言順地出來。

好想見她。一看到瑞惠老師，身體忽然虛脫，眼淚掉個不停。

老師見狀也毫不吃驚。只是輕輕把手放在我肩上，輕聲地說：

「公司午休從幾點開始？不嫌棄的話，我們一起吃吧？」

老師選了公司附近一間可以輕鬆用餐的餐館，說會先訂好位子在那等我。

瑞惠老師今天來萬有社，是為了跟木澤小姐開會。

《粉紅懸鈴木》要拍成電影了。明明是我和老師攜手打造的小說，負責這件事的人卻變成木澤小姐。想到這個，一陣苦澀湧上心頭。

一邊用湯匙舀起蛋包飯，老師一邊說：

「妳知道嗎、崎谷小姐。我啊、寫那個連載的時候有點痛苦。」

「咦！」

「難道不是嗎？要面對正值敏感又多愁善感年紀的年輕女讀者，我可緊張了呢。擔心自己會不會不小心寫了神經太大條的話，又怕被讀者笑我思想過時。」

瑞惠老師吃一口蛋包飯，又笑咪咪地接著說：「可是啊——」

「只有一點痛苦，其他都非常非常非常開心喔。寫著寫著我才發現，原來自己有這麼多話想對年輕女孩們說。連載期間，那兩個主角一直在我心中對話，一直陪伴在我身邊。她們兩個，還有讀了那部小說的讀者們，都是我的寶貝女兒，感覺就像事隔多年再度育兒似的。」

我說不出話來，瑞惠老師微微一笑，瞇起眼睛。

「都是託妳的福喔，崎谷小姐。妳見證了這部小說的誕生，還和我一起養大了這個孩子。對我和這部小說而言，崎谷小姐是助產士、保健師，是丈夫，也是母親。」

止不住的淚水溢出眼眶，我用雙手蒙著臉說：

「我、我還以為已經無法像這樣和老師您見面了。因為、因為我已經……」

已經不是個編輯。

過去在老師面前壓抑住的情感，如今完全潰堤。

「我不但嫉妒在Mila大顯身手的木澤小姐，還把孩子想成攪亂我人生的存在，然後又好討厭這麼想的自己……」

瑞惠老師放下湯匙，平靜地說：

「哎呀，崎谷小姐也坐上旋轉木馬了嗎？」

「旋轉木馬？」

呵呵一笑，瑞惠老師說：

「這是常有的事喔。單身的人羨慕已婚的人，已婚的人羨慕有孩子的人，有孩子的人羨慕單身的人。大家就坐在團團轉的旋轉木馬上。很好玩吧？每個人都追著前面的人的屁股跑，但是沒有一個人跑第一，也沒有人殿後。換句話說，幸福的形式沒有優劣之分，也沒有一定要怎樣才算完整喔。」

老師笑吟吟地說到這裡，喝一口杯子裡的水。

「人生啊，老是嚴重失控。不管身處何種境遇，都無法完全按照自己想要的過。可是反過來說，有時等著我們的卻是意想不到的美好驚喜。只看結果的話，有時反而慶幸事情沒按照預期的走，這種驚險過關的事也有很多啊。就算事情不照計畫走或失控，也不必想成倒楣或失敗。自己和人生，都是這樣慢慢改變的喔。」

說完，瑞惠老師望向遠方微笑。

結帳時，我拚命伸手想搶走瑞惠老師手中的帳單。

沒辦法報帳。可是「我就是該付錢的一方」的觀念已經根深蒂固。

瑞惠老師把帳單舉得高高地說：

「沒關係，這次讓我請客。」

「可是——」

「就當幫妳慶生。妳生日快到了對吧？夏天出生的夏美小姐。」

忘了是什麼時候的事，我好像曾跟老師提過這個。她竟然還記得。

「……謝謝老師，承蒙招待了。」

看我低下頭，老師歪了歪頭，促狹地笑著說：

「過完生日就幾歲啦？」

「四十歲了。」

「真好，這麼一來終於能做各種事了喔。好好享受吧，遊樂園很大的。」

瑞惠老師緊緊握住我的手。

「生日快樂。能遇見妳，我很感恩。」

安心的情緒，漸漸滲透體內每個角落。

我在Mila獲得的，或許不只是職歷。而是即使離開了職場，仍能擁有如此溫暖的心意。

真不枉費我當年努力出生啊……我打從心底這麼想。

那天晚上，雙葉難得乖乖就寢。

修二還沒回家，用保鮮膜包起他的晚餐，我在客廳裡的沙發上打開《月亮之門》。

讀了一會兒，出現了令人印象深刻的標題——「兩種『眼睛』」。我懷著興奮的心情，臉湊近書頁。

書上說，看「肉眼看不到的東西」時，會使用兩種眼睛。

一是站在理性、邏輯角度去看的「太陽之眼」。這意味著讓光明照亮事物，藉以理解事物。

另一種眼睛，是秉持情感與直覺將事物串連，與之對話的「月亮之眼」。比方說面對黑暗中的妖魔鬼怪，或隱藏心中的愛戀之意。看待想像及夢想時，用的也是月亮之眼。

我們心中有著這兩種眼睛……書裡是這麼寫的。

這段文章吸引了我的心。頂著難得清醒的腦袋，順暢地往下讀。書中接著提到神話中太陽與月亮的關係，以及對占星與咒語的解讀。還談了關於人類內心隱藏的情感。在美麗的藍色包圍下，我埋頭讀得沉迷。

從大事到小事——

「無論多麼努力也無法完全符合自己的期待。」

我們生活周遭都是這樣的事。

看到「完全符合自己的期待」，我嚇了一跳。今天瑞惠老師也跟我說了類似的話。這段文字後面繼續寫了關於「轉變」的事。說來有些不可思議，但閱讀時經常像這樣，書的內容與現實同步。

小町小姐好厲害啊。為什麼會推薦我這本書呢？

這麼一說，我才想起一件事，伸手去拿媽媽包。小町小姐給我的贈品還放在內袋裡沒拿出來。

觸感輕柔的羊毛氈，我把它放在掌心。

這個跟乒乓球差不多大的「地球儀」上，其他大陸只有大概的形狀，唯獨日本的形狀很寫實。要戳出這麼纖細的手工很費勁吧，或許是出於愛國心。

站在這裡的我。

現在是夜晚，當地球轉動，早晨來臨……

用手指轉動這顆地球，忽然不經意想到——

天動說與地動說。很久以前，人類也曾以為地球靜止不動，動的是天體。殊不知團團轉動的是地球。

這時，我心中激起了某個小小的漣漪。

……是啊。

我一直以為自己是「被迫」從Mila調到資料部，「被迫」接受家事與育兒工作。這些都是以我自己為中心才產生的想法，或許我只用「被害者意識」在思考了吧。一心埋怨大家不願意為了我轉動。

我盯著那顆藍色的球體。地球是會動的。不是要早晨與黑夜「過來」，而是自己「過去」。

現在，我想做什麼？想去哪裡？

我察覺到自己內心的變化。和瑞惠老師談過後，更堅定了心意。

我想成為小說編輯。

挖掘作者的優點，以最棒的形式將故事呈現在讀者面前。

「遊樂園很大的」。瑞惠老師的話語在耳邊迴盪。

她的意思，應該是要我從旋轉木馬上下來，去嘗試其他遊樂設施吧？從頭到尾都待在同一個軌道上並不值得嘉許，坦承自己真正想要什麼也沒關係。

拿起智慧型手機，我開始調查有哪些出版社釋出徵人訊息。以前我只會找雜誌編輯的工作，因為認為自己只有這個選擇。

以我現在的狀況，要待在講求速率，重視團隊合作的雜誌編輯部不是一件容易的事。可是，如果換成多數時間獨立作業的書籍編輯，自己的行動或許更容易掌控。要是轉換方向，改走文學編輯的路，說不定能開拓出另一條康莊大道。

查了幾間出版社，找到了老牌出版社櫻桃社。這間出版社的強項是純文學，瑞惠老師也在這裡出過好幾本書。

時機巧合得像是特地安排一般，現在櫻桃社就正在招募編輯。寄書面履歷的郵戳截止日到明天。勉強趕得上。

我強自壓抑著內心的激動，仔細閱讀應徵條件。總覺得在某種巨大的存在支持下，一切開始往好的方向轉變。包括今天和瑞惠老師見面，還有雙葉難得早睡的事在內。

下個星期六，我獨自造訪社區活動中心的圖書室。為的是去還書。雙葉就交給在家的修二照顧。

將書還給櫃檯邊的希美小妹，我朝諮詢區看了一眼。希美小妹馬上懂我的意思。

「要找姬野老師的話，她現在外出休息喔。不過應該馬上就回來了。」

「姬野老師？」

希美小妹「啊」了一聲，遮住嘴巴。

「小町小姐是我小學時的保健室老師。結婚之後變更了姓氏，只是我到現在還習慣跟當年一樣喊她姬野老師。」

原來那位小町小姐，以前還曾經是小學的保健室老師啊。我覺得自己好像在看電視劇。

這時，小町小姐回來了。搖擺著高大的身軀，雖朝我投以一瞥，仍毫無反應地從旁走過。

我等小町小姐把自己塞回諮詢區內才走過去。

「前幾天謝謝您了。《月亮之門》真的是非常好看的一本書。」

小町小姐面不改色，只簡短回答「嗯」。

「不過，借來的書只能很快翻閱完，我想自己去買一本。這本書讓我想要擁有。」

這句話讓小町小姐做出有點驚訝的動作。

「太欣慰了。不只是讀，還想把這本書放在自己身邊。能成為妳和這本書的橋梁，我很高興。」

「是啊，我心想，自己也該有所轉變才行。都是託了這本書的福。」

小町小姐咧嘴一笑。

「任何書都是如此，與其說書籍本身有什麼力量，不如說是妳自己的閱讀方式帶給妳力量。閱讀的價值也就在這裡。」

聽了她善意的話語，我高興起來，往前探出身體說：

「小町小姐，聽說您以前是保健室老師呢。後來轉換跑道了嗎？」

「嗯。其實我最早就是圖書館職員，後來進入校園重新當起保健室老師。然後，又再次回到圖書職員的工作崗位上。」

「為什麼一直換工作呢？」

啪嘰一聲，是小町小姐歪頭時脖子發出的聲音。

「我只是想配合當下的狀況，做自己當時最想做的事，就結果來說就變成這樣了。周遭的狀況總是無視自己的想法，無時無刻不在變化。比方說和家人之間的關係，自己的健康狀態等等。有時是公司破產倒閉，有時是忽然墜入情網。」

「欸？情網？」

沒想到會從小町小姐口中聽見這個詞彙，我有些吃驚，忍不住反問。小町小姐輕輕撫摸頭上的花髮簪。

「這也是我人生中最出乎意料的事啊。竟然會出現送我這個的人，真是做夢都想像不到。」

換句話說，那個人就是她先生吧。這故事感覺太美好了，雖然很想聽，但又不好意思追問。

「……您會慶幸轉換跑道嗎？面對改變這件事，會不會有所不安？」

「有時就算想保持不變還是會變，有時就算想改變也只能維持原樣啊。」

小町小姐這麼回答，把放在櫃檯角落的Honey Dome盒子拉過來。看到她拿出戳針我就明白了。諮詢到此為止。果然不出我所料，小町小姐開始面無表情地戳起羊毛氈。

從社區活動中心回家後，修二開車，一家三口去了伊甸。那是從食材到日用品都有販售的綜合超市。今天是來買米和寶特瓶裝飲料等重物，也想買雙葉的內衣和T恤等衣物。

「我去一下ZAZ好嗎？」

我這麼一問，修二就說，那他帶雙葉去遊戲區等。週末有修二在，果然輕鬆許多。

ZAZ是一間連鎖眼鏡行。我近視不深，平常就算不戴眼鏡，對日常生活也不會造成什麼困擾。只是有些狀況下，還是得使用拋棄式隱形眼鏡。半年前買的庫存差不多要用光了。

一走進店內，聽見「歡迎光臨」的聲音，看到回過頭的男店員，我不禁瞪大眼睛。

「……桐山！」

對方也發出驚呼。

「這不是崎谷小姐嗎？欸？妳住這附近喔？」

我還在Mila時，經常外包工作給一間編輯工作室，當時桐山也在那裡工作。

「嚇我一跳，沒想到會在這種地方遇到你。」

「我已經辭掉編輯工作室的工作了，從上個月開始在這裡上班。」

過去那個瘦到令人擔心的桐山，現在長胖了點，氣色也改善許多。看到他健康的笑容，不知怎地鬆了一口氣。

老實說，我以前就覺得那間編輯工作室很亂來。像是一天拍十頁街拍照，或是採訪三十間拉麵店等。工作室老闆什麼工作都接，我們也就大著膽子什麼都拜託他們，只是不難想像，跑第一線的人一定很慘烈。

「崎谷小姐，妳看起來精神很好耶。生完小孩了吧？」

「嗯……其實我也在找其他工作。」

彷彿遇到志同道合的人，一股親近感促使我說溜了嘴。

「我接下來不想做雜誌了，想做文學書。櫻桃社的文學編輯部在徵人，我已經投了履歷，正在等書面審查，差不多該收到結果通知了，好緊張。」

「喔喔，畢竟崎谷小姐幫彼方瑞惠老師出了暢銷書嘛。粉憗，連我這種男生讀都覺得很有趣喔。」

被他這麼一說，我瞬間勇氣百倍。桐山拿著我的ZAZ會員卡，退回櫃檯裡面。

「不好意思，這隱形眼鏡，您有急用嗎？」

過了一會兒再出來的桐山一臉抱歉地問。

「這個牌子的隱形眼鏡現在本店缺貨，可以馬上幫您調貨，等貨到就通知您。」

完全是流暢的店員口吻。即使上個月才來這裡工作，桐山已經很有服務業的架勢了。這份工作一定很適合他。

要離開時，桐山說：

「希望崎谷小姐能成功進入櫻桃社。光是能確定自己想做的事，就已經很棒了。」

「謝謝你。」

還在編輯工作室的時候，這孩子給人的印象就很好。不過，在眼鏡行上班的桐山更爽朗帥氣。

是會改變的呢。我會改變，別人也會。這樣就好。

我的心都在櫻桃社身上了。接下來我即將在那裡做出好書——

然而，收到的卻是不錄取通知。

大受打擊。一心以為至少書面審查會通過，沒想到在這裡就被刷掉了。居然連面試的資格都沒有。

既然是出過好幾本瑞惠老師作品的出版社，我應該有幾分優勢吧。原本是這麼想的。

……果然還是不行。

這把年紀，家裡還有年幼的小孩，說到文學編輯經驗，即使是暢銷書，也就只編過那麼一本。就算被人家說是運氣好瞎矇到也沒辦法反駁。在這個時期招募人手，就表示出版社需要即戰力，像櫻桃社這麼大的公司，一定能募集到比我更優秀，實際上做得出更多成績的人才。

這種事，只要多想一下就該明白才對。

受到現實的打擊，還在沮喪的時候，另一件事毫不留情地再度打擊了我。木澤小姐榮升為Mila的總編了。

朝會時發表了這件事，在大家面前致詞的木澤小姐語氣一如往常淡然，下巴還微微上揚。

可是，我看見了。在浪潮般的掌聲中，只有一個瞬間，她露出少女般羞赧的笑容。眼角還閃著一絲淚光。

看見這個的當下，原先緊纏著我不放的嫉妒瞬間剝落。木澤小姐一定也以她自己的方式做了很多很多努力，奮鬥了很久很久。她並未把這次的升職視為理所當然，只是真的非常開心。

想必她也經歷了許多痛苦與不甘心。我明明最該清楚這些的，卻抱著輕率的心情說什麼「好羨慕妳」。為此，我稍微反省了一下。

旋轉木馬停下來了。

現在的我去不了那一邊。

但是，我眼中有我的，她眼中有她的風景。我們只要各自欣賞自己眼中的風景就好。

發現我拍手拍得特別大聲，木澤小姐露出微笑。

兩天後是我的生日。

修二排開了工作，這天專程提早回家，和雙葉一起，我們三個人一起去家庭餐廳吃晚飯。

聽了我應徵櫻桃社和一眨眼就被刷掉的事，修二很驚訝。他沒想到我當真想辭掉工作了這麼多年的萬有社，也沒想到轉換跑道這麼難。

我這才察覺，原來一直以來，修二都不太理解我的心情和狀況。儘管錯愕，但那或許是因為我自己也沒有好好說清楚。我只會嘮嘮叨叨地發牢騷。修二安慰鼓勵了我一番，這超乎意料的舉止反而讓我更吃驚。

聊著聊著，我們決定從下星期開始，早上由修二負責送雙葉去托兒所。傍晚接小孩對他來說太難，早上的話還可以試試看。修二這麼說。連星期一替換床單的方法，他都非常認真地聽我說明，還做了筆記。

「只是情緒化地跟我說『多幫忙一點』、『多做一點』我也不會懂。希望妳能用更具體，更有邏輯的方式，好好說給我聽。」

原來如此，這也屬於「太陽之眼」嗎？我暗自恍然大悟。從今以後，我要均衡運用「太陽之眼」和「月亮之眼」，讓事情進行得更順利。

我覺得自己很幸福。雖然我老是會忍不住要求這個、要求那個，但我知道修二還是以他自己的方式替全家人著想。

我們之間，還有表情一天比一天豐富的雙葉。

「生治快樂——！」高舉雙手，口齒不清地這麼對我說的她，真是可愛得不得了。

我們這一家也是一天一天建立起來的。三個人一起。

現在，我想好好珍惜這樣的時光。套用小町小姐說的話，就是「配合當下的狀況」。沒應徵上櫻桃社的工作，遠離編輯崗位，或許就是我當下的「狀況」。

這麼一想，內心深處還是有點痛。我一口喝掉飯後熱茶，把那個感覺吞下去。走到免費飲料吧旁重新泡一杯花草茶，剛回到位子上坐下，我放在桌角的手機就振動起來。打來的是個陌生號碼，從090的開頭看來，應該是誰的手機。

我對修二使個眼色便起身，走到店外接電話。

「我是ZAZ的桐山。」

「喔喔！」

熟悉的聲音讓我安了心。夏天的晚風吹來很舒服。

「您訂的拋棄式隱形眼鏡已經到貨，讓您久等了。」

「我再去拿，謝謝你。」

「其實，這只是表面上的藉口。」

「咦？」

電話那頭聲音聽起來有點吵雜，不像從店裡打來的。再說，剛才顯示的號碼是來自手機。

一個深呼吸後，桐山說：

「崎谷小姐，請問妳應徵櫻桃社的結果出來了嗎？」

「……沒錄取。」

「這樣啊，那太好了！」

「太好了？」

我忍不住反問，桐山先是苦笑說「啊、不是啦，抱歉抱歉」，接著又說：

「我大學時的學姐，原本在楓書房的文學編輯部工作。」

楓書房，是那間以出版繪本和童書出名的出版社。《赤腳的傑羅布》就是這家出版社的書。

「下個月，她要和調職海外的先生一起出國，所以決定離職。楓書房現在正要找人接替她的職務。不過，在那之前，公司說如果有不錯的人選，也可以直接介紹。聽她這麼一說，我就想起了崎谷小姐妳。」

噗通。心臟用力跳了一下。我不知如何回應，握緊手中的電話，那頭又傳來桐山的聲音。

「我覺得崎谷小姐很適合楓書房呢。像櫻桃社那樣致力於純文學的老牌出版社當然也很好，但楓書房風氣自由，很願意挑戰新事物，或許更具有彈性。如果崎谷小姐有那個意願，我可以跟學姐說，請她安排妳跟總編見一次面。」

「可是我已經四十歲了，還有個兩歲的小孩……」

「嗯。這些我都知道才這麼說的。有年幼小孩的事，在出版繪本和童書的楓書房其實有加分的作用。實際上，我那個學姐就是個媽媽編輯。」

難以按捺內心的激昂。另一方面，腦中閃過的全是自己的弱點。

「但我沒有繪本的編輯經驗耶。」

「文學編輯部和童書編輯部是分開的喔。楓書房也出版了很多給大人閱讀的出色小說。」

一時想不起有哪些書，但或許他說得沒錯。這樣的話……這樣的話，我也能在這裡編輯一般文學書了嗎？

「崎谷小姐，妳在Mila的時候不只流行時尚，也做了許多貼近年輕女孩心情的企劃不是嗎？那些單元往往能讓人鼓起面對明天的勇氣。所以，當我得知粉懸是崎谷小姐擔任責任編輯的小說，立刻就明白了原因，聽到妳說想當文學編輯時，我也很高興。」

他這番話拯救了我。知道身邊有人把我的努力看在眼裡，也認同我的努力，使我難掩喜悅。於是我問：

「桐山，你為什麼要幫我做這些？」

這是個單純的疑問。他既不是我的朋友，我也不是他的恩人，只不過是以前稍微一起工作過的夥伴。桐山想也沒想，很乾脆地說：

「哪有為什麼，只是眼前的狀況剛好搭上了啊。再說，世界上有趣的書是愈多愈好。我自己都想讀讀看。」

視線落在地上，我看見穿涼鞋的腳在顫抖。

桐山說會再聯絡我之後，就結束了通話。我踩著搖搖晃晃的腳步回到座位，把花草茶一口氣喝乾。

「妳怎麼了？」

修二問。我說明事情經過。

「這是好事啊！」

修二這麼說。我也知道，但就是害怕。哪有這麼好的事。好不容易我心情比較穩定了，現在要是太過期待，到時再度落空的話，受的傷害會更深。

「哪有這麼好的事？我總覺得未免太順利了吧？這種事竟然自己找上門來。」

聽我這麼說，修二一臉嚴肅地盯著我說：

「話不是這麼說的喔。不是對方自己找上門來的好事，是先有夏美的積極行動，身邊的人才跟著妳動起來的。」

我赫然抬起頭，迎上修二溫柔的微笑。

「這是妳自己爭取來的機會。」

嗯嗯，是呀。

雖然櫻桃社沒有錄用我，可是如果那時我沒去應徵，就不會告訴桐山自己想當文學編輯的事。自己畫下的一個「點」，在意想不到的地方串成了「線」。這就是——意想不到的美好驚喜。

修二把手放在吃完冰淇淋的雙葉頭上。

「那小雙就先跟爸爸回家吧。」

「咦？」

「夏美應該想去一趟書店吧？車站前的書店還開著喔。」

雙葉狐疑地看著我們。

「噯，小雙，要是媽媽一直忍耐，放棄自己喜歡的東西，卻在心裡哇哇大哭怎麼辦？」

修二這麼問，小雙輕聲說「不要」。

和修二與雙葉分開後，我走進車站大樓裡的明森書店，找尋楓書房出版的書。繪本、童話、童書。此外，一如桐山所說，還有許多一般文學小說，其中不乏暢銷書。

過去沒確認版權頁所以沒發現，其中包括了好幾本我很愛的小說。這本，還有那本也是。原來我早就讀過好幾本楓書房的小說了。

忘我地在書櫃間找尋，拿下幾本還沒讀過，但很感興趣的書。也打算買下《赤腳的傑羅布》。

最後還有一本。我找尋著《月亮之門》。

可是，找不到那本藍色的書。

取而代之的，我找到了同樣書名的另一本書。是《新版月亮之門》。脫俗的月亮插畫佔據整個封面，由上往下呈現深藍到泛黃的漸層。翻開封面，扉頁也不再漆黑如闇夜，而是一片明亮的黃綠色。翻開幾頁看看，內容倒是和上一版完全一樣。

新裝再版。證明了這本書受到讀者的需要與喜愛。一股熱意湧上心頭。連書都能像這樣重獲新生。接下來，不知道會是什麼樣的人拿起這本書，又會從中獲得什麼呢？

啊啊，我也好想做書。

讓讀的人能夠對明天抱持一點期待，與自己也不明白的心情對峙。我想做出這樣的書。形式雖然不同，心意和在Mila時是一樣的。

閱讀《月亮之門》的時候，感覺就像自己飄盪在美麗的夜空中。儘管內容相同，新版的裝幀設計卻令人耳目一新。這次，感覺就像沐浴在月光下。

偶數頁的右上角，畫著從月圓到月缺的圖案。前一個版本的圖案則是在下方，現在往上移動了。明明是同樣的圖案，給人的印象也因此改變，現在看起來就像天空在對我們傳達什麼。

我也要改變。就算一直是同一個我。

同時，心意也一直是相同的。無論外在如何轉變——

＊＊＊

所有讓孩子懷抱耶誕老人夢想的父母，心裡都住著真正的耶誕老人。正因如此，才會有那麼多孩子相信乘著雪橇的耶誕老人「真的存在」。

在冬日暖陽中繼續往下讀這本書。這時，電話鈴響，我接起電話。

「您好，這裡是楓書房文學編輯部。」

那之後，桐山馬上安排我和總編見面。總編問了我兩個問題。

妳和瑞惠老師是怎麼攜手創作作品的？還有，妳今後想怎麼做書？我熱烈發表自己的想法，總編耐心側耳傾聽，點了好幾次頭。

在Mila創造出的東西，換部門後重新思考過的事，這些都幫助了下個階段的自己。所有讓我抵達這裡所需的東西，都在萬有社。

過去經歷過的一切事物，都有它的意義。對萬有社的感謝與對一路努力走來的自己的肯定，幫助了現在的我站穩腳步。

我請話筒另一端的人稍等，按下保留鍵。

「今江姊，渡橋先生找妳。」

把電話轉接給坐我對面的前輩編輯今江小姐。當今江小姐和她負責的作家講電話時，小學一年級的美穗坐在她身邊的圓凳上，打開繪本。

美穗是今江小姐的女兒。因為流感盛行的緣故，今天學校臨時停課了。

這時，童書編輯部的總編岸川先生走過來。他一看到美穗，就蹲下來親切地問：

「這本書怎麼樣？有趣嗎？」

那是楓書房出的繪本系列第二彈，講的是小人到處挖洞鑽進去的故事。美穗朝氣十足地回答：

「嗯！有趣。這隻狗背上的咖啡色斑點很像漢堡排，我喜歡。」

「是喔！我還沒想到呢！原來像漢堡排啊！」

附近走過去的其他人看到美穗都露出微笑。

各位親愛的寶貴的讀者們，這間出版社非常歡迎員工帶孩子來上班。正在休育嬰假的人帶嬰兒來公司玩時，大家也會一擁而上，社長還會抱起孩子。一開始我真的看得目瞪口呆。

岸川先生來到我身邊，將彩色影印的插圖遞給我。

「崎谷小姐，可不可以幫我問問雙葉喜歡哪一款插圖？」

那是最新企劃的幼兒繪本內容打樣。

「好的，我很樂意。」

「每次都麻煩妳了，謝謝喔。」

過去，孩子的存在被我視為職業生涯的瓶頸。然而，這裡不只接受這樣的我，有孩子這件事在這裡反而派上了用場，使我既安心又獲得了勇氣。

自以為缺乏或多餘的事，當環境改變時，也能成為完全相反的東西。在這地球上，相同的事物在不同國家或不同季節中甚至會產生迥異的定義。

岸川先生離開後，我的視線再次回到書上。

父母告訴我們的耶誕老人絕對不是「謊言」，而是更宏大的「真實」。

當我們心中的「太陽之眼」與「月亮之眼」像這樣互助合作，兩者都不去否定對方，就能夠接受這個世界。

《新版 月亮之門》的這一頁，我看到幾乎會背了。

在這一行上劃了線，一再反覆地讀，好烙印在心上。

進入楓書房，我確實感受到。

寫小說或讀小說時，使用的是「月之眼」。

為小說打造實體形狀，推出市面時，使用的是「太陽之眼」。

兩者都是必要的眼睛。無論哪一種，都要好好睜亮，彼此互助合作，不否定對方。

我闔上書，將它輕輕插入辦公桌上的書擋之間。

接著改拿出一本薄薄的冊子。這是上個月發現的短篇小說。

那時我心想，終於找到了。無論如何，無論如何都想和這位作家一起工作。為了和對方取得聯繫，我運用所有自己的情報網，好不容易拿到他的電郵信箱。調整呼吸，面向電腦。慢慢敲著鍵盤寫信。「今後我想和你一起，打開一扇新的門。」我帶著這樣的心情寫信。

地球轉動。

被太陽照亮，也凝視月光。

腳踏實地，仰望天空，在轉變中前進吧。

為了將更宏大的「真實」傳遞給翻開書頁的某個誰。

第四章
浩彌 三十歲 啃老族

小學時和我一起玩的他們，總是教會我許多事。

他們有時不是人類，那裡有時不是地球，有時是古老的過去，有時是遙遠的未來，有時甚至是異次元。

比起班上同學，對我而言更親近的這些眾多友人不會老。不變的是他們永遠那麼帥氣又有趣，充滿毅力，個性溫柔。有人擁有不可思議的力量，有人勇敢與邪惡抗戰，有人接受全校最漂亮的美女告白……不管去找他們幾次，他們永遠不負期待，深深感動我。

然而，為什麼會這樣呢？只有我身邊的時間不斷流逝。超越原本大我許多歲的幾個傢伙，現在我都三十歲了，仍沒有成為任何人。

「有超大的白蘿蔔喔。」

媽媽一邊在餐桌上把購物袋裡的蔬菜拿出來，一邊重複了這句話好幾次。

「說品種叫三浦蘿蔔。現在二月正當令，真的超大一根的。」

馬鈴薯、紅蘿蔔、蘋果。全都很大顆。

「我還想多買點，可是再多就重得提不回來，只好放棄。」

她又拿出了白菜。

「還是再去一次好了？可是，要是被人家發現我又去了一次，感覺好像很丟臉。而且，等一下我還要去打工。」

這話聽來像自言自語，但我知道，她是說給坐在沙發上看電視的我聽。附近的小學裡，聽說附設了一間社區活動中心。搬來這棟公寓是我國中時的事，所以我沒去過那間小學。

那裡好像不定期會舉辦各種才藝教室和講座，媽媽偶爾也會去那裡上花藝教室。

今天是三個月一次的「社活市集」展銷會。在那裡可以買到從農家直接送來的蔬菜水果。

「浩彌，你能去一趟嗎？」

「……嗯。」

我拿遙控器對準電視，關掉電源。沒有安排任何計畫的週五下午，一再誇張重複相同內容的娛樂新聞也沒什麼好看。

「謝謝你啊。」

母親瞇起眼睛。

年過三十還找不到工作，整天在家閒晃，我也會有罪惡感。既然如此，不如順著母親的話，好歹幫忙買個蘿蔔。

我站起來，母親就把折好的環保購物袋交給我。

「買白蘿蔔、小芋頭，還有香蕉也要！」

……怎麼變多了。

把花朵圖案的購物袋和錢包塞進夾克口袋，我朝玄關走去。

抵達小學，正門關著。社區活動中心的入口似乎在別的地方。我按照標示繞了一圈，找到那棟白色建築。

推開玻璃門走進去，眼前有個接待櫃檯。櫃檯後方似乎是辦公室，滿頭漂亮白髮的大叔坐在辦公桌後。

看到我進來，大叔走到窗口，對我說：「在這裡寫上名字和來館目的，還有時間也要。」狹窄的櫃檯上有個夾板，上面夾著寫有「入館表」三個字的紙張。包括母親的簽名在內，我上面還有幾個名字，來館目的幾乎都是「市集」。我也依樣畫葫蘆，再填上自己的名字，菅田浩彌。

社區活動中心的大廳並不大，並排了幾張桌子，就在上面開起展銷會。蔬菜、水果、麵包……只有零零星星的客人。我隨便拿起幾樣媽媽指定的蔬菜。

角落有兩個阿姨在閒聊。一個穿著農協的圓領衫，一個頭上綁著紅色頭巾。旁邊的白板寫著「結帳處」，大概要去那裡付錢吧。我抱著白蘿蔔、小芋頭和香蕉，走到阿姨們旁邊。

將蔬菜水果放在檯子上，正拿出錢包時，我不由得發出驚呼。

「……是蒙加！」

阿姨們盯著我看。

寫上「歡迎光臨」的紙牌旁邊，放著五公分左右的小小絨毛玩偶。蒙加。藤子不二雄漫畫《21世紀小福星》裡的角色。圓滾滾的身體，頭頂像栗子一樣尖尖的，還有根漩渦狀的毛。

我朝蒙加伸手，綁頭巾的阿姨就說：「啊、抱歉，這個是非賣品。」

「這是小百合做的羊毛氈，我去圖書室借書時，她給我的。」

「小百合？」

「圖書室的小町小百合，這個就是她做的。」

說到藤子不二雄，大家都會想到《哆啦A夢》。除此之外，還有許多有名的作品，《21世紀小福星》在這之中並未受到太大矚目。這是一部描繪未來世界的科幻作品，衛門是一家老舊破落旅館的接班人。我認為《21世紀小福星》才是藤子不二雄的最高傑作。

看到蒙加，我感動得不得了。好想知道做出這個的小町小百合小姐是個怎樣的女孩。不用跟她講到話也沒關係，看看長怎樣就好。

把小芋頭和香蕉塞進購物袋，抱起因為太大放不下的白蘿蔔，按照阿姨說的，前往圖書室。

在活動中心最後方的圖書室很容易找。

從入口窺看，最靠外側的櫃檯裡有個綁馬尾的女生。她正仔細地從堆成一座小山的書堆裡，把書一本一本拿下來打條碼。

這個女生就是小町小百合嗎！

比想像中還年輕，看起來應該只有十幾歲嘛。

身材嬌小，有著大大黑眼珠的雙眼骨溜溜打轉，整個人像極了小松鼠。人如其名，她就像名字一樣可愛，我忍不住嘴角上揚。

既然說是圖書室，應該不用錢吧。任何人都可以進去吧。

我悄悄跨進半個身體，小百合抬頭看我。我一個緊張，停下腳步。

「午安。」

她露出開朗的笑容。我心跳加速地回應「啊、妳好」，就這樣走進圖書室。

和以銷售新書為主的書店不同，這裡瀰漫一股彷彿時光沉澱的空氣。和區立圖書館比起來，空間又更迷你一點。置身四面八方的書櫃之中，升起一股懷念的心情。

我環視圖書室，豁出去對小百合開口：

「請問……有漫畫嗎？」

小百合笑咪咪地回答：

「有喔，雖然不多。」

我好久沒跟女生講話了。她回答的語氣這麼溫柔，讓我很開心，臉皮也厚了起來。

「妳喜歡21世紀小福星啊？」

「21世紀小福星？」

「藤子不二雄的。」

小百合露出困惑的表情，笑著說：「我是知道哆啦A夢啦……」

這種反應我太常遇見，驚訝之餘又感到悲哀起來，急忙問她：

「可是，妳不是做了蒙加給市集的阿姨嗎？」

喔喔！小百合聞言點頭說：

「你是說室井阿姨很寶貝的那個玩偶對嗎？那是圖書職員小町小姐做的。她在裡面的諮詢區喔，也可以請她推薦你漫畫。」

「叮鈴」，內心深處響起另外一種鈴聲。原來如此，這裡除了她之外，還有其他工作人員啊。剛才被書堆擋住沒看見，仔細一看，馬尾女孩胸前掛著寫有「森永希美」的名牌。

我將期待收入內心深處。充當佈告欄的隔板另一頭，似乎就是諮詢區了。

隔著隔板往內窺看，我嚇得心臟差點跳出來。

強忍口中「噫噫」的尖叫，我轉身回頭。

那裡看起來沒有「小町小百合」這個女生，只有一個表情嚇人，身軀龐大的歐巴桑。那龐大的身體塞滿了整個諮詢區。

我回到櫃檯，對希美小妹說：

「呃……那裡只有一個像早乙女玄馬變成的熊貓一樣的人耶。」

「……誰啊，早乙女玄馬。」

「《亂馬1/2》啊，潑水就會變成熊貓……」

「人類變成熊貓嗎？欸～好可愛喔。」

不、那隻熊貓大得不像話就算了，還老是臭著一張臉。儘管這麼想，我也懶得說明了，就問她：

「在那裡的人就是小町小姐嗎？會做玩偶的那個？」

「對啊，她的手可靈巧了。」

……這樣啊。原來是這樣啊。

我一心以為是個年輕女孩，得知事實雖然驚嚇，一想到那個早乙女玄馬竟然做出了蒙加，內心湧現另一種好奇。說不定，自己意外跟她聊得來。

「我幫你顧東西，你去找她吧。」

希美小妹這麼說著，對我伸出手。無法抗拒她的笑容，我就把購物袋和蘿蔔交給她。

接著，我重新朝諮詢區走去。再看一次，她胸口果然也掛著「小町小百合」的名牌。小町小姐正心無旁騖地動著她的手。走近探頭看，果然是在做那像小絨毛玩偶的東西。一塊四方形海綿上，放著一團毛球，她不斷用針戳刺。這做法真的正確嗎？

小町小姐忽然停下手，看我一眼。四目交接，我嚇了一跳。

「你在找什麼？」

她開口了。

這也沒什麼好奇怪的，只是看到變成熊貓的早乙女玄馬講話，我有點驚訝而已。

在找什麼？被她那深厚低沉的聲音這麼一問，腦中第一個浮現的字眼嚇到我自己。這無預期的狀況，使我流下眼淚。

我在找的是……啊、對啊，我在找的是——

糟糕，我用手心抹了抹臉頰。哭什麼哭啊。

小町小姐表情不變，視線再次落在手邊，重新動起針來。

「高橋留美子很不錯吧？」

「……咦？」

她說的是《亂馬1/2》的作者。我以為自己剛才說得很小聲，沒想到她還是聽見了。把人家說成早乙女玄馬，或許惹她不開心了。

「《福星小子》和《相聚一刻》也不錯。不過真要說的話，我最喜歡的大概還是人魚系列吧。」

「我也是！我也是！」

接下來的好一段時間，我跟小町小姐都在聊自己喜歡的漫畫。楳圖一雄的《漂流教室》、浦澤直樹的《危險調查員》、山岸涼子的《日出處天子》……要講多久就能講多久。

不管我舉出再多漫畫，小町小姐都知道我在說什麼。她絕對不是饒舌多話的人，手邊一邊做著絨毛娃娃，一邊用三言兩語給出正中紅心的評論。我太感動了。

小町小姐打開手邊的橘色盒子。裝在六角形有白花圖案盒子裡的，是西點店吳宮堂無人不知，無人不曉的餅乾「Honey Dome」。親戚聚會時總能看見這種餅乾的身影。以前，我奶奶就曾讚不絕口地說「吃起來很順口，很好吃」。

還以為她要請我吃Honey Dome，結果盒子裡裝的是手工藝用具。原來是拿空盒子來廢物利用了啊。小町小姐把針插進針插，蓋上盒蓋，看著我說：

「你年紀這麼輕，還知道那麼久以前的漫畫作品啊。」

「……我舅舅以前開漫畫咖啡廳，小學時我常去他店裡。」

說是漫畫咖啡廳，和現在的網咖不一樣。就是名符其實的「店裡放了很多漫畫的咖啡廳」。當時還有幾間那樣的店，不採包廂形式，和普通咖啡店一樣，坐在餐桌旁點飲料，拿自己喜歡的漫畫看，想看多久都行。

小學二年級時，媽媽開始外出工作，我放學後總會騎上二十分鐘的腳踏車，到舅舅跟舅媽經營的這間「北見漫畫喫茶」待著。舅舅和舅媽都沒跟我收過錢（可能媽媽事後付了吧），還會端果汁給我喝，隨我想做什麼就做什麼。我讀遍那裡整櫃子的漫畫，消磨媽媽回家前的時間。

就是在那裡相遇的。各式各樣漫畫裡的我的「朋友」們。

模仿漫畫塗鴉之餘，我開始愛上了畫畫。因此想學畫插畫，高中畢業後就進了設計學校。

可是，找工作時栽了跟頭。我終究沒能找到自己想做的插畫工作，但又不知該如何選擇其他行業。還以為只要會畫畫，沒有過人長處的我總有辦法過得好一點，沒想到無法把這份專長當成工作，要我去做其他事，我又辦不到。

找工作不順利，打工也都持續不久，一直維持著現在這種啃老狀態。

「漫畫家真的很厲害呢，我也覺得畫畫很開心，就進了專門學校，可是要我把畫插畫當成工作，我又辦不到。」

用這種說詞來為自己的無業辯護，未免太草率，但我還是這麼做了。小町小姐歪了歪頭，脖子發出「喀啦」一聲。

「你為什麼覺得自己辦不到呢？」

「因為……實際上能靠畫圖養活自己的，只有一小撮人吧。不只畫畫，能把喜歡的事當成工作的人，一百個人裡頂多只有一個不是嗎？」

小町小姐轉了轉頭，豎起食指。

「來學個算術。」

「啥？」

「一百人裡有一個人，就是百分之一，1％對吧？」

「嗯。」

「可是，做自己想做的事的人是自己，自己只有一個人，這麼一來，就是一分之一，100％。」

「嗯？」

「你身上有百分之百的可能性呢。」

「我說啊……」

這個算法，是不是在騙小孩？小町小姐依然頂著一張面無表情的臉孔，看起來完全不像在開玩笑。

「那麼——」

她坐正姿勢，面向電腦。

接著，雙手忽然答答答答地高速敲起了鍵盤。看到那姿態的我，不假思索地發出「妳是拳四郎喔！」的吐槽。我說的是《北斗之拳》裡名為「北斗百裂拳」，以猛烈高速直搗敵人穴道的神技。小町小姐沒有回應，氣勢驚人地敲完最後一顆按鍵後，列印出一張紙交給我。

「你現在還活著。」

她用低沉又有威嚴的聲音這麼低喃。

那嚴肅的表情有點可怕。不過，我當然知道她是在惡搞拳四郎的經典台詞「你已經死了」。

紙上只印著書名、作者名和書櫃編號組成的一行字。

《圖示　進化的紀錄　達爾文們眼中的世界》

「……呃，這是什麼？有這種漫畫嗎？」

「我找不到能介紹給你的漫畫。沒有什麼能超越你兒時閱讀的漫畫，那已成為你自身的財富。」

這麼說著，小町小姐拉開櫃檯下的抽屜。在第四格裡摸索了一會兒，掏出一個東西塞進我手中。摸起來軟軟的，該不會是蒙加吧？

結果與我的期待不同，那是一架小飛機。灰色的機身，白色的機翼，還有綠色的機尾，造型很時髦。

「請收下，這是書的贈品。送你的話，就是這個了。」

不帶感情的語調。我還在疑惑，小町小姐已經打開Honey Dome的盒子，板著一張臉又開始戳她的絨毛玩偶了。和剛才聽我說話時不同，現在的她，散發一股鐵門已經拉下的氛圍。

無奈之餘，我只好帶著那張紙去找對應的書櫃。在諮詢區附近的「自然科學」區找到了那本像圖鑑一樣厚重的書。

封面以整片的黑色為底，上面的照片是一隻銀白色的鳥，特寫脖子以上的側面照。看起來很堅硬的鳥喙有著纖細彎曲的尖端。大眼睛上長著一排濃密的睫毛。看不出性別，但給人異國風情美女模特兒的感覺。好像手塚治虫的《火之鳥》。

書名的字也是白色。大大的「進化的紀錄」下方，綴著副標題——「達爾文們眼中的世界」。

達爾文們？

我當場蹲下，打開那本書。因為它太重了，站著沒辦法翻閱。

前半本是長篇大論的文字頁，後面就像一本豪華的寫真集了。有鳥類、爬蟲類、植物、昆蟲……每一幅都是有著出色構圖的彩色照片，幾乎可說是藝術品。有時，也會穿插一些與照片相關的圖說或專欄文章。

小町小姐為什麼會推薦我這本書呢？真是個謎。不過，這些照片確實富有魅力。色彩鮮明，有的甚至給人詭異或妖異的感覺，非常吸引人心。明明都是實際存在的生物，呈現的卻彷彿是個幻想世界。

正要把書歸回架上的希美小妹從我身邊走過。

「要不要幫你做一張借書證？只要是區民都可以借喔。」

「啊、不了。可是……我是想借，但太重了。今天我還有白蘿蔔要拿。」

我還在躊躇不定，背後就傳來小町小姐的聲音。

「不然你過來看啊？」

回頭一看，小町小姐也正看著我。

「可以幫你在這本書上貼『已有人預定』的牌子，這樣就能隨時過來讀了，如何？」

我依然維持蹲姿，抬頭凝望小町小姐，沒有出聲。小町小姐這番話，又害我想哭了。

一種難以形容的喜悅和安心感從心底湧出。原來我可以待在這裡。

「要讀遍這本書的每個角落，可得花上好一段時間喔。」

小町小姐這麼說著，咧嘴一笑。我幾乎在下意識之間點了頭。

隔天星期六，久違地搭了電車。

為的是去參加高三的同學會。平常這類聚會我是絕對不參加的，唯有這次，有非去不可的理由。

畢業典禮那天，大家一起在校園一角埋下了時光膠囊。明信片大的紙張上，寫下自己想寫的話，約定「三十歲那年舉行同學會打開它」。

同學會的邀請函上寫著「日後幹事會將缺席者的那份郵寄給本人」。看到這個，我背脊都發涼了。要是原本就裝在信封裡黏上漿糊也就罷了，沒記錯的話，當年那張紙只是折了四折，在看得見的地方寫上名字而已。

無論如何，都不能被任何人看見，我得親手收回那張紙。

打開時光膠囊後，預計傍晚在餐廳聚餐。這個我就表明不參加了。

十八歲時，一定誰都以為三十歲的自己已經是難以想像的大人。總覺得只要到了三十歲，所有煩惱都能解決。

對那時的我來說，因為即將進入設計學校就讀，只是單純開心地想，這輩子都不用再應付不擅長的數學和體育，只要畫畫就夠了。陷入從此之後就能從事插畫工作的錯覺。

「我要成為留名青史的插畫家。」

印象中，這就是我寫在紙上的話。光想都覺得雙眉之間發燙。

既不是對自己的技巧有信心，也不是那麼當真。該說是年輕氣盛，還是隨著眾人起鬨呢。總之，就是順勢這麼寫了。不過，姑且不論是否留名青史，當時我真的以為只要置身於畫圖的環境，就能找到那方面的工作。

穿過畢業後睽違了十二年的校門。

校園一隅的一棵大山毛櫸下，已經聚集了一群人。靠近樹根的地方插著寫有「第十七屆畢業生　時光膠囊」的塑膠牌，看上去像個墓碑。

幹事杉村拿著一把大鏟子站在那。他是當年的班長，身上穿著看起來很高級的羽絨外套，露出底下筆挺的襯衫。

我一走近，就有幾個人抬起頭，有人輕輕點頭，有人朝我揮揮手。不過，也就只是這樣。大家馬上就又跟身旁熟識的人繼續聊天了。說不定根本沒人記得我。

站在樹下觀望等待時，有人叫了我的名字。

「浩彌。」

回頭一看，眼前有個瘦瘦矮矮的男人。是征太郎。我們交情並不是特別好，但對我來說，已經是班上比較常說話的同學了。他個性文靜，總是在看書，是那種不跟任何人結伴的類型。高中畢業後，我們彼此寄過幾次賀年卡給對方，但也僅止於此。他在賀年卡裡寫道，自己大學畢業後進了水道局工作。

征太郎對我露出友善的笑容。

「你看起來精神不錯。」

「征太郎也是。」

不希望被問「你現在在做什麼」，我低下頭。

這時，兩個男人走了過來。其中一個姓西野，另一個我想不起來了。只記得是班上最活潑吵鬧的男生。不過，我不記得自己跟這傢伙講過話。

「唷，這不是征太郎嗎？」

西野笑嘻嘻地走過來。雖然也瞥了我一眼，但沒打算跟我說話的樣子。我別過頭。

「好的——那麼大家都到齊了，差不多該開始嘍！」

杉村大聲喊，所有人一起往同個地方擠。

在眾人屏氣凝神的注視下，杉村開始挖土。不一會兒，就聽見金屬撞擊的聲音，鏟子似乎敲到鐵罐了。

杉村戴上粗棉手套，用手把土撥開。裝在塑膠袋裡的黯淡銀色從土裡露出。把那個從土裡挖出來後，周遭歡聲沸騰。

從塑膠袋裡拿出來的，是以封箱膠帶封住的仙貝空罐。裡面裝著沉眠地底十二年的大家的留言。

杉村小心翼翼撕掉封箱膠帶，打開蓋子。裡面裝滿折成各種形狀的泛黃紙張。一個一個唱名，被叫到的人就上前伸出手。有人一打開看就笑了，有人和身邊的人互相交換看，也有人大聲把內容唸出來，大家看起來都很開心。

寫在紙上的內容五花八門，包括將來的夢想、對喜歡的異性告白、說不出口的牢騷……

熱鬧的人群中，每個人都顯得很有自信。三十歲，各種事情已經塵埃落定，各自擁有工作和家庭。說起來像是廢話，但這裡已經沒有誰是高中生了。這裡充滿著脫下制服，進化為某種形式的大人。

好不容易聽見自己的名字，我從杉村手中接過自己的那張紙，也不打開就直接放進外套口袋。好，這樣事情就辦完了。我鬆了口氣。

下一個叫到的是征太郎的名字。征太郎像拿著什麼寶貝似的輕輕打開來。

「喔喔！是大作家呢！」

西野從征太郎背後伸長脖子這麼說。征太郎手中那張打開的紙上，以工整的字體在中央寫著「成為作家」。西野用揶揄的口氣說：

「這麼說起來，你從高中時就常投稿文學雜誌嘛。還在寫小說嗎？」

征太郎輕描淡寫地回答「還在寫啊」。

「欸！那你當上作家了嗎？」

西野講這句話的語氣，聽得出他根本不這麼想。另一個我想不起名字的傢伙也探頭過來說：「什麼？你出書了喔？」

「還沒啦。不過，我一直有在寫。」

征太郎微笑回應，西野露齒一笑：

「是喔，好強喔，這把年紀了還在追逐夢想。」

我聽得怒從中來，狠狠瞪了西野一眼。

「你有完沒完！竟敢用那種瞧不起人的語氣說話，跟征太郎道歉！征太郎的小說超有趣的，我可是很喜歡喔。你是懂不懂啊，講得一副自以為了不起的樣子，以為自己是誰？只會嘲笑拚命努力的人，像你這種傢伙最差勁了！開什麼玩笑！」

……我在心裡這麼放聲吶喊。

西野和另一個人根本連我在瞪他們都沒發現，很快就跑去跟附近的三個女生打鬧成一團了。

高中時，征太郎讓我讀過他寫的小說。下課時間，他悄悄靠近正在畫圖的我，說我很厲害，令人佩服。之後，他拿出筆記本，問我：「你願意讀一下我寫的小說嗎？」老實說，小說內容我已經記不清楚了。只記得讀完征太郎手寫的小說後，內心十分感動。

「……我要回去了。」

看我往外走，征太郎也追上來。

「等等，我們一起回去吧。」

征太郎很瘦，全身上下都很纖細，包括脖子、手指和頭髮都是。

「你不去嗎？聚餐。」

征太郎點點頭。

「聚餐我也填了不參加。」

將喧鬧歡笑的眾人拋在腦後，我倆走出校門。完全沒人注意到我們離開。

往車站去的路上，我們聊著無關緊要的小事。像是「那棵山毛櫸比以前更大了呢」、「今年好像會是暖冬耶」之類的。從Mister Donut甜甜圈店前經過時，征太郎像是下定決心似的說：

「噯、要不要去喝杯咖啡？」

征太郎笑得有點害臊，害我也莫名難為情地別過臉，點頭說「好啊」。彼此都有點尷尬的進入店內，只點了飲料就端到桌邊坐下。

「浩彌以前很會畫畫呢，後來去念了設計學校對吧？」

坐在對面的征太郎說。

「……嗯。不過完全不行，我的畫一般人不太能接受。在設計學校的時候也是，常被說太噁心詭異，要不就是太小眾。」

「欸？我的小說是被人家說太普通了，淡然無味，缺乏刺激。我投稿了好多有新人獎的文學獎，偶爾會拿到講評，也一定都會得到類似的說詞。」

征太郎笑著這麼說，一副樂在其中的樣子，喝下咖啡歐蕾。我不由得敬佩他。

「小說，你從高中時就持續寫到現在啊，好厲害喔。」

「只能集中在晚上跟週末寫，畢竟平日白天要上班。」

就是該這樣啊。我心想。

即使和自己想做的職業不同，還是能好好找到工作，賺取生活費。同時，不放棄努力實現夢想。無論是社會人這一面，還是追尋夢想這一面，征太郎都教我打從內心尊敬。

「水道局的工作是鐵飯碗，應該很穩定吧。」

自己也知道講這種話很老套，還是輕聲這麼說了。征太郎雙手捧著杯子說：

「有什麼是絕對穩定的工作嗎？」

「那當然是像征太郎這樣的公務員啊，或是在大企業上班。」

征太郎輕輕搖頭。

「沒有喔。沒有絕對穩定，不會打破的鐵飯碗，那種東西，世界上一個也沒有。大家都只是成立在勉強保持的平衡上。」

表情雖然柔和，聲音卻很嚴肅。

「沒有什麼絕對沒問題，相對的，大概也沒有什麼絕對不行。那種事，誰都不知道。」

征太郎喃喃低語，抿起嘴唇。儘管他沒說出口，我也明白這就是為什麼，他無論如何也要堅持做自己想做的事。

想起西野說話的語氣，我又火大了起來，捏著拳頭說：

「征太郎，你一定要當上作家，給西野那傢伙好看。」

征太郎靜靜微笑，又搖了搖頭。

「現在會取笑我的人，無論今後我的狀況如何改變，他還是會取笑我啦，就像在雞蛋裡挑骨頭。沒關係的，我不在乎看都沒看過我小說的人怎麼想。」

咕嚕喝下咖啡歐蕾，征太郎凝視著我：

「給誰好看啦，或是拿不甘願的心情當跳板啦，我沒有這類想法。促使我行動的，是其他的東西。」

他的眼底深處閃現光芒。征太郎雖然內向，但有堅定不移的意志。那瘦弱的身體裡，有著某種推動自己的力量。我有點羨慕這樣的征太郎。

我小心選擇遣詞用字，謹慎地問：

「……征太郎，在自己的小說受到認同前，只有年齡不斷增長，你不會感到不安焦慮嗎？」

「嗯……」征太郎視線望著斜上方如此沉吟，像在思考什麼。

「倒也不是不會，不過村上春樹三十歲才出道文壇，我還沒滿三十時，一直以此激勵自己。」

「是喔。」

「可是，現在也已經超過那年紀了。所以我又急著找下個目標，這次是淺田次郎，他出道時已經四十歲了。」

「哇喔，那你還有十年的緩衝期。」

我這麼一說，征太郎就坦率地笑了。

「就算四十歲過後還沒出道，肯定也還能找到下一個目標。以作家身分出道文壇這件事沒有年齡限制啊。每個人都會在對自己而言最適當的時機出道。」

征太郎臉泛潮紅。

他說「我們互加一下LINE吧」，於是我第一次安裝了LINE的應用程式。

隔天，我照小町小姐說的，來到社區活動中心的圖書室。

圖書室裡沒什麼人，只有少數幾個老人家，室內始終安安靜靜。

一看到我，小町小姐什麼也沒說，就把《進化的紀錄》放在櫃檯上。書本套著橡皮筋，夾著一張「預約中」的紙。這意思大概就是我高興什麼時候來看都行吧。我朝她點頭寒暄，收下書，在借書櫃檯前的閱覽區找了張桌子坐下來，把書打開。

當序文第一頁裡「自然淘汰」的字眼映入眼簾時，我心頭一緊。

這個我在學校有學過。只有能適應環境的人得以生存，無法適應的人就會自然滅絕……是這樣的學說。接下來的一行文字，又使我產生沮喪落寞的心情。

「——符合期待的變異受到保存，不符期待的變異就使其滅絕。」

符合期待，不符合期待。

這是站在誰的角度來說的呢？

懷著躁動的心情繼續往下讀，一個陌生的名字「華萊士」出現在書中。一頁翻過一頁，我的眼睛也離書本愈來愈近。

說到進化論，大家都會想到達爾文。寫下《物種起源》這本書的查爾斯・達爾文。可是，其實在達爾文的陰影下，還有另外一個人。那就是阿爾弗雷德・羅素・華萊士，一個比達爾文年輕十四歲的博物學家。

兩人都喜歡甲蟲，也都是致力研究的學者。不過，身處的狀況與個性卻迥然不同。

達爾文有錢，華萊士經濟困窘。兩人各有自己的研究方式，但同樣得出物競天擇的進化論。

然而，當時的人們對聖經「創造說」深信不疑，認為世界上所有事物都成立於神之手。與進化論持相反意見的人們對他們提出強烈抨擊。

達爾文害怕發表理論，華萊士卻毫不猶豫地寫下論文。於是，達爾文心急了。

要是不希望自己醞釀多年的理論失去所有優先權，只能趁現在公開發表。達爾文下定決心。

原本躊躇不決的達爾文，匆匆決定出版《物種起源》。就這樣，這本書和他的名字至今無人不知、無人不曉。

我讀著書中文字，內心有股說不清的憤懣。書中說達爾文曾用「我的好朋友」形容華萊士，讀到這裡時，我用力甩頭。

……華萊士，你真的無所謂嗎？

先挑戰發表學說的人明明是華萊士，結果卻是達爾文在歷史上大大留名。我實在不能接受。

在設計學校時，偶爾也發生過類似的事。有人瞄到我畫的畫，學走我的構圖或局部。只因為對方的畫工比我好太多，獲得的評價也比我高。即使內心鬱悶地想「少抄襲啦，這點子可是我先想到的耶」，卻一次也沒說出口。萬一對方說「只是剛好想到一樣的點子」，我就無話可說了。追根究底，能被世間認同的才是勝利者。

我大嘆一口氣，翻到下一頁。

一整頁都是鳥類化石的照片。我找到解說，一讀才知道，這好像是白堊紀的孔子鳥。雙翼張開，姿勢看起來像是趴臥。鳥喙半開。看到這完整保留全身骨骼的化石，我忽然產生一股想把它畫下來的衝動。好久沒這種感覺了。無論如何都想拿筆畫圖，坐立難安。

我想起諮詢時，小町小姐給我的那張紙還夾在書裡，就站起來走到櫃檯，跟希美小妹借了原子筆。

空白的紙張背面，黑色的原子筆。

這樣就夠了。我眼睛看著孔子鳥的化石，慢慢將它臨摹到紙上。

陷入忘我境界。一隻鳥從我筆尖誕生，不知何時有了生命。

不滿足於只是照描的臨摹，我更進一步發揮了自己的想像力。想像這隻鳥，在只有骨頭的狀況下活過來的樣子。翅膀尖端成為銳利的鐮刀，能斬斷制裁所有的邪惡。雖然外表是醜陋的骸骨，卻不為人知地實現了正義。我還讓小小的金魚住進牠空洞的雙眼之中——

一頭栽入畫畫的世界，整體畫得差不多時，不知何時來到我身邊的希美小妹發出大聲的「哇！」我嚇了一跳，明白「哇」後面會接什麼。一定是「好噁心」。

沒想到，希美小妹雙眼閃閃發亮地說：

「老師，快來看！浩彌畫的畫，好棒喔！」

我陷入另一種意義的慌亂。大概是在製作借書證時記住的吧。總之，她直接稱呼我「浩彌」的事，和稱讚我好棒一樣令人手忙腳亂。

小町小姐霍地起身，走出諮詢區。搖擺著身體，走到閱覽桌旁，站在我身邊。

唔唔……她發出沉吟的聲音，然後點頭說：「好獨特的創意。」

希美小妹也說：

「要不要試著參加徵件比賽？」

「……不了，那種的，我不可能啦。」

我正想把紙張揉成一團，希美小妹就著急地說：

「等等，要丟掉的話，不如給我。」

「這種東西妳也要嗎？很噁心吧？」

「就是這樣才好。」

希美小妹從我手中搶過那張紙，用雙手把紙壓在胸口。

「噁心中帶點難以言喻的幽默，讓人感受得到愛。」

有人懂我，令我滿心喜悅。但我仍告誡自己，不要得意忘形，那肯定只是客套話。

無論如何，原本只是張廢紙的骸骨鳥，在她手中撿回一命。感覺就像在告訴我明天還可以來這裡，我偷偷揚起嘴角。

隔天，正要進圖書室時，走廊有個綁頭巾的阿姨在打掃。是小町小姐口中的室井阿姨，她正在用抹布擦扶手，一看到我就說：「喔喔，你好。」

「小百合今天休假喔。」

「……啊、這樣啊。」

對了，就是在她的指引下，我才會來圖書室的。

「那時聽您稱呼小町小姐『小百合』，我還以為是哪個年輕女生呢。」

我這麼嘀咕。室井阿姨咯咯一笑：

「看在六十二歲的我眼裡，她是年輕女生沒錯啊。才四十七歲而已嘛。」

四十七歲的年輕女生嗎？三十歲的我都已經覺得自己很老了。年輕還是老，或許只是一種相對而來的概念。

話說回來，小町小姐今年四十七歲啊。不知怎地，總覺得那個人身上好像沒有年齡這東西。說來理所當然，明明她也只是個普通人。

「您喜歡蒙加啊？」

聽我這麼一問，室井阿姨忽然大喊：「蒙加——！」

她好像是在模仿蒙加。我嚇得倒退，室井阿姨又咯咯笑起來。

「喜歡啊喜歡啊，絕對生物，蒙加——！」

沒錯。蒙加雖然有令人忍不住莞爾的外表，卻能承受炙熱與極寒，不管吃什麼都能轉化為能量，是一種絕對生物，還會瞬間移動。室井阿姨說：

「可是，要是人家不理他，他就鬧脾氣，傷心時也動不動就哭起來。明明有著在哪都能活下去的最強肉體和特殊能力。所謂強大，到底是什麼？」

總覺得這番話好像很深奧，我默默不語。

「三年前，小百合剛來這裡的時候，我跟她提過喜歡蒙加的事。後來去找她諮詢食譜，她就把親手做的羊毛氈跟書一起拿給我。我很感動，說借書還附送這麼好的贈品喔。小百合好像很喜歡這個說法。」

原來如此，小町小姐說的「贈品」，原來是室井阿姨的點子。

「您跟小町小姐感情很好呢。」

嗯。室井阿姨蹲下來，在水桶裡洗抹布。

「可是我啊，做到三月底就要辭職了。」

室井阿姨蹲著朝我抬起頭，臉上浮現驕傲的笑容。

「我女兒啊，四月就要生了。我就要有孫子嘍，要當阿嬤嘍。暫時想去照顧她們一段時間，就趁這個機會退休吧。正好四月開始是新的年度，會有新的工作人員來，可以把我的工作交接給對方。」

這裡的工作人員都是一年簽約一次，只要雙方談好條件，下一年度就直接更新合約。室井阿姨說完「雖然只剩下一個月，請多指教嘍」，提著水桶就離開了。

進入圖書室，希美小妹對我微微一笑。

正如室井阿姨所說，小町小姐今天不在。諮詢區的櫃檯角落，放著套上橡皮筋的《進化的紀錄》。大概是為了讓我一來就能自由拿取。

今天使用圖書室的人也很少，室內安安靜靜。我一個人獨佔整個閱覽區，慢慢打開書。

太古的歷史、鳥類、變溫動物。我已經差不多讀了半本，現在開始讀關於植物的那幾頁。正當我深受鮮豔欲滴的捕蠅草吸引時，忽然察覺一道視線，抬頭一看，借書櫃檯裡的希美小妹正在看我。

欸？我睜大眼睛，希美小妹就綻放微笑。我的心怦怦地跳，為了掩飾害羞就說：

「很沒用吧，年紀老大不小了還不去工作，在這種地方看什麼捕蠅草。」

希美小妹笑咪咪地搖頭。

「不會啊。看到浩彌，就讓我想起小學時的事。我啊，有段時間就算到了學校，也只會待在保健室。雖然狀況有點不同，但我好像能理解浩彌的狀況。」

希美小妹竟然有這樣的過去。

我有點驚訝，她又繼續說：

「小町小姐啊，以前是這所小學的保健室老師。我就是那時候的學生，雖然只有一段時間，但我曾經無論如何都無法踏進教室，每天都待在保健室。」

這麼說起來，希美小妹確實都喊小町小姐「老師」。原本以為那是指小町小姐在圖書職員這份工作上教導她許多的關係，原來是這麼回事。

「……為什麼無法踏進教室呢？」

我這麼問，希美小妹笑了。

「總覺得，沒辦法跟大家一樣。」

喔喔，我也是這樣。

可是，我不知道能不能隨便說這種話，就只是點點頭。

「我啊，很怕人家大聲說話。可是，小學左右的孩子，不是有人會突然大聲講話或大笑嗎？聽到其他學生被老師大聲斥責時，我也會覺得好像被罵的是自己，心裡難受起來。所以，那時的我一天到晚畏畏縮縮的。孩子對這類事都很敏感嘛，大家就開始說『森永那傢伙好奇怪』、『很難相處』。雖然不是直接的霸凌，但總覺得每個人都把我當作不存在，好像自己不該待在那裡。」

希美小姐用開朗的語氣這麼說。

所以我更能明白，她當時真的很難受。

「到後來，無法上學的時候，媽媽和級任老師商量，決定讓我待在保健室。第一天老師……就是小町小姐輕輕對我說，森永同學暑假作業的讀書心得寫得很有趣耶。走廊牆上貼了好幾個人的讀書心得，她說她看了那個。不是騙人的，她真的有好好地看，還詳細告訴我哪裡寫得特別好。我真的好高興，後來只要看書一定會寫心得，請小町小姐讀。」

緩緩環顧四周擺得滿滿的書，希美小妹平靜地繼續說：

「花了一點時間，後來也慢慢可以回教室了。我上高中的時候，小町小姐開始在這裡當圖書職員。我畢業後也想當圖書職員，就來請教她的意見，於是她建議我，可以先以副圖書職員的身分來這裡工作。」

「副圖書職員？」

「對，先去上副圖書職員講習課，再以副圖書職員的身分服務兩年，這樣就能去上圖書職員講習課了。」

「咦？為了上圖書職員講習課，必須先有兩年副圖書職員的經驗嗎？」

「對，因為我只有高中畢業。要當圖書職員，除了接受三個月的圖書職員講習課外，還要累積超過三年的副圖書職員經驗才算結束學習。另一個辦法是上大學，選修必要科目以取得執照，可是我家的經濟狀況不允許我上大學，我自己也希望高中畢業後馬上開始工作。」

沒想到她前面的路還這麼長，想成為圖書職員真不容易。

我發自內心地說：

「能那麼早就確定自己想做的事，在這條路上筆直前進，真好。」

「浩彌不也是嗎？高中畢業後，就去讀了設計學校。」

「可是我的作品完全不被接受。我畫的畫好像太詭異，太陰沉了。」

希美小妹歪了歪頭，這動作有點像小町小姐。

「呃……呃……」

大眼睛轉啊轉的，希美小妹似乎在思考什麼。接著，她突然對我大喊：

「糖醋排骨！」

「……欸？」

「糖醋排骨裡的鳳梨，你覺得怎麼樣？」

什麼啊？怎麼突然提這個。

見我一臉疑惑，希美小妹紅著臉拚命解釋：

「不是有很多人討厭吃那個嗎？還有人說什麼不能接受。可是，鳳梨從來沒有從糖醋排骨裡消失，這是為什麼呢？」

「為、為什麼啊？」

「或許只是少數派，但一定有人喜歡糖醋排骨裡的鳳梨。這樣的人還不只是稍微喜歡而已，而是非常熱愛的程度。或許該說是對『喜歡』這件事付出多少熱情的問題。就算大多數人無法接受，只要有這群非常熱愛的人存在，鳳梨就會被繼續守護下去。我是這麼認為的。」

「………」

「我就超喜歡啊，糖醋排骨裡的鳳梨。還有浩彌的畫。」

心中流過一陣暖意。好高興。希美小妹是這麼拚命地在鼓勵我。「喜歡」這個詞彙，是能拯救人的美好詞彙。我覺得自己和那些畫都被接受了，就算只是客套話也好。

懷著好心情回到家，媽媽正好在跟人講電話。

她的聲音充滿光彩，看上去非常開心。我立刻就知道電話那頭的人是誰。

掛上電話後，媽媽說：

「你哥說他四月要回國了！」

腦子深處鏗鏗作響，一種突然被人毆打的感覺襲來。

「說是要調回東京總公司了。公司成立新的部門，他被選為幹部。」

喔喔，終於。

終於，這一刻終於來臨。

不想被媽媽發現我的慌亂，我只回答「是喔」就走向盥洗室。

轉開水龍頭，水流出來。

我用力洗手，也洗了臉。嘩啦嘩啦。

腦中閃過《進化的紀錄》中的一句話：

「——符合期待的變異受到保存，不符期待的變異就使其滅絕。」

哥哥他……

從小就很優秀。

小學時，父親和母親離婚，我們開始母子三人的生活。

那時已經上中學的哥哥，比以前更用功念書，努力得幾乎像在生氣。氣爸爸，也氣身邊改變的環境。每次我跟他講話，他就會皺起眉頭嫌我吵。

即使是兄弟，在那種環境下也只會憂慮不安蜷成一團的我，和哥哥是完全不同的人種。家裡太小了，我心想自己不能打擾他，所以放學後總是逃到「北見漫畫喫茶」去。

可是，小學畢業的同時，我也無法再去北見了。原本住在鄉下的我們，因為母親需要找到靠自己一個女人也能養活我們的工作，就帶著我們搬到東京。

以學費全額減免的優待生身分從大學畢業後，哥哥進了貿易公司。拜他之賜，媽媽終於可以辭掉辛苦的全職工作，到自己喜歡的麵包店打工。

四年前，哥哥確定被公司派到德國駐任，老實說，我鬆了一口氣。

因為在哥哥面前，我很難不認為自己是個沒用到極點的人。

——我也、我也……我也想努力工作啊。只是我沒辦法。

從設計學校畢業後，勉強找到的工作是推銷教科書的業務，到補習班或一般家庭推銷。白天在外面跑業務，晚上回公司打推銷電話。我不太會說話，老是給公司添麻煩，覺得自己簡直就是腐臭的垃圾。完全達不到業績門檻，一天到晚被上司和前輩罵。他們總說「有心要做就做得到」、「你這沒用的傢伙」。

一個月後，身體忽然動彈不得。連從床上起身都沒辦法。勉強拖著身體走到玄關，正想穿鞋時，思考瞬間停止，全身僵硬，淚水兀自唏哩嘩啦流下。愈是想著非出門上班不可，身體所有機能愈是停擺。

丟臉的是，去公司幫我完成所有離職手續的是媽媽。我是個徹底沒用的傢伙，還是個無可救藥的懶惰鬼。程度比自己以為的更嚴重。

辭職後，休息了一陣子，心想至少得去打工。但是，無論去便利商店或速食店打工，我都因為沒辦法一次快速執行許多工作，錯誤百出給店家造成困擾，內心愧疚不已，兩星期已是極限。後來改去搬家公司打工，一天就傷了腰，站都站不起來，隔天就辭職了。

理解能力、溝通能力、體力，我沒有一樣具備。這個世界上或許沒有我能做的工作。

媽媽的臉看起來好開心。

這也是理所當然。和我不一樣，可靠、開朗又優秀的兒子即將回到她身邊了。

「我們去機場接他吧。」媽媽這麼說。才不要，我不想去。

哥哥即將從遙遠國度回來，搭著我從來沒搭過的飛機。

有順利完成進化的哥哥在的這個家裡，我只是個「不符期待」的存在。

這麼說來，小町小姐也給了我一架飛機。

很久以前，人們大概是看到了鳥，才會產生自己也想在天上飛的想法。
可是，不管再怎麼進化，人類都長不出翅膀。明白這一點後，就製造了飛機。
我無法變成鳥，也製造不出飛機。所以無法飛上天。

你在找什麼？
小町小姐這麼問我時，腦中第一個浮現的答案。
我一直在找尋的東西。
只要有一個就夠了。一個能允許我存在，帶給我安心感的「容身之處」……

隔天，好像輪到希美小妹去休假了。
一到圖書室，就看見小町小姐坐鎮在借書櫃檯裡，我嚇了一跳。她連Honey Dome的盒子都帶了過來，一如往常戳著絨毛玩偶。
我一邊朝閱覽區走，眼角餘光一邊瞥著小町小姐，嘴裡自言自語著說「好投入喔」。小町小姐視線不離手地回答：
「以前，一到學校就待在保健室裡的學生做過這個。一開始我只以為那孩子單純喜歡手工藝，後來看著看著，我才發現，一個勁兒拿針戳羊毛團，能讓自己進入心無旁鶩的境界喔。自己動手做做看就更明白了。內心紛亂的不安與不清明的情緒，都能逐漸變得平整。我心想喔喔！原來那孩子是用這種方式來取得心靈的平衡，感覺自己也學到一件很棒的事。」

原來小町小姐也會有喔，內心紛亂的不安和不清明的情緒。我還以為她不管遇到什麼事都不為所動呢。

我在閱覽區坐下，翻開《進化的紀錄》。

這麼一來，從昨晚開始亂糟糟的心情才稍微鎮定下來。小町小姐似乎不太關心我在做什麼，但也沒有將我拒於千里之外。只是坐在旁邊持續動手戳羊毛氈。身邊有這樣的存在，使我心存感激。因為，感覺就像對我說「你隨時都可以待在這邊看書喔」。

不過，這也只是短暫的一時。總不可能一輩子都在這裡看書吧。上學時只待在保健室裡的小學生，時候到了也要畢業。我的那一天卻永遠不會自動來臨。無論是結束還是開始的時機，都沒人會為我決定。

自然淘汰。無法適應環境的人將滅絕。

既然如此，幹嘛不擅自把我抹消就好呢。現在這樣，我明知自己無法適應，明知自己是不符期待的變異，卻只能痛苦地活下去。

就算本身沒有足夠的實力，好歹也要懂一點在這個世界上活下去的技巧，要是那樣至少還能活得下去。就算多少要點卑鄙手段也無妨。

儘管這麼想，事實上，我最能理解被他人踹開有多痛苦。活在陰影下的華萊士真的會把達爾文當作「好朋友」嗎？

我趴在攤開的書上。

小町小姐用沒有抑揚頓挫的聲音嘟噥「怎麼了」。

「……達爾文這人很過分吧。我好同情華萊士。明明先發表學說的是華萊士，達爾文卻佔盡鋒頭。我在讀到這本書之前，甚至沒聽過華萊士的名字……」

一陣短暫的沉默。我依然趴在桌上，小町小姐則什麼也沒說，只是用針繼續戳羊毛氈。

過一會兒，小町小姐開了口：

「閱讀傳記或歷史書的時候，必須很小心注意一件事。」

我抬起頭。小町小姐視線對上了我的，又緩緩接著說：

「別忘了提醒自己，那只是其中一種說法而已。實際情形如何，只有當事人自己才知道。誰說了什麼或做了什麼，都是經過口耳相傳和各自解釋之後呈現出來的樣貌。就連現在這個當下，網路上發生的事都會產生誤解，更別說是那麼久以前的事。誰知道正確程度有多少呢。」

小町小姐歪一歪頭，脖子發出「喀啦」一聲。

「不管怎麼說，至少浩彌現在讀了這本書，也認識了華萊士。關於華萊士，你也思考了不少，這樣就夠了。你這麼做，就已經在世界上創造出一個華萊士活著的地方，不是嗎？」

我為華萊士創造出活著的地方？

只要誰在心中想著誰，就能為對方創造出容身之處，是這個意思嗎……？

「再說，華萊士其實也算是名人喔。世界地圖上用來表示生物分布範圍的，就稱為華萊士線。我認為，這代表他的功績受到了認同。雖然在他背後，一定還有更多沒有留下名字的偉大推手。」

接著，小町小姐伸出食指，點著額頭說：

「姑且不說這個，當我知道《物種起源》出版於一八五九年時，驚訝得眼珠差點蹦出來呢。」

「咦？為什麼？」

「因為，那才不過是區區一百六十年前的事啊。根本就是最近嘛？」

什麼最近……是這樣嗎？我皺著眉頭思考，小町小姐伸手輕撫頭上的髮簪說：

「活到快五十歲，百年這個單位感覺起來就變短了呢。一百六十年什麼的，努力一點我也能活到那個歲數吧。」

她這麼說我就懂了。應該能活到那個歲數吧？小町小姐的話。

戳戳、戳戳。小町小姐不再說話，又開始戳起毛球。

我的視線也落回書本，思緒馳騁，想著那些在華萊士身邊的無名英雄。

走出社區活動中心時，手機響了。

是征太郎打來的電話。幾乎不曾有朋友打電話給我，我停下腳步，略帶緊張地接起電話。

「浩彌，我……我……」

征太郎在電話另一頭嗚咽，我嚇得慌了手腳。

「你怎麼啦？喂！征太郎。」

「……我確定要以作家身分出書了。」

「什麼？」

「其實，去年年底，我收到楓書房編輯寫來的信。秋天時，我在文學跳蚤市場上出了一小本自己印製的小說，那位崎谷小姐說她讀了這個。我們後來見了幾次面，討論過好幾次，修改小說的方向。今天，她說提給公司的企劃通過了。」

「好、好厲害！太棒了呢！」

我微微顫抖。

太強了，真的好厲害。征太郎實現夢想了。

「這件事，我第一個就想告訴浩彌。」

「欸？」

「所有人一定都認為我無法當上作家。可是，高中時，只有浩彌對我說，征太郎的小說很有意思，要繼續寫下去喔。浩彌你或許忘了，但對我來說，那句話就是原動力，我堅信那是最強力的護身符。」

征太郎在電話那頭大哭，我也止不住眼淚。我的……我那微不足道的一句話，他竟那麼珍惜至今。

可是，令征太郎持續寫作與持續發表的，不只是因為我那句話。一定是因為征太郎心中擁有相信自己的心意。

「那以後你就不是水道局員工，要成為作家啦。」

我吸著鼻水這麼一說，征太郎就笑著回答「沒有喔」。

「正因為有水道局的工作支持我，我才能持續寫作。今後我也不打算辭職。」

我在腦中複誦了這句話好幾次，一方面忍不住去思考這句話的意義，一方面又毫無道理地能夠理解。

「我們下次去慶祝吧。」一說完，我掛上電話。

我興奮地繞著社區活動心中走來走去。鐵欄杆前有個勉強能容兩人並坐的小木頭長椅，我就在那裡坐了下來。

隔著欄杆看得到小學的校園。雖說社區活動附設在此，從這邊並無法進入小學校園。大概是放學了吧，孩子們爬上攀登架遊玩。

二月底的傍晚，天黑的時間比之前也變晚了些。

我一邊鎮定心情，一邊把雙手插進兩側口袋。

左邊是時光膠囊裡的紙，右邊是小町小姐給我的絨毛玩偶。

兩者都放進去就沒再拿出來了。我把兩樣東西都拿出來，放在左右雙手上。

飛機。眾所皆知的文明利器。現在就算看到飛機載著大量乘客與貨物飛上天空，也沒有人會吃驚了。

不過區區一百六十年前——

那之前的歐洲，人們認為一切生物的形狀都出自神之手，堅信從過去到未來，那些形狀不會有任何改變。

山椒魚從火中誕生，天堂鳥真的來自天堂。大家當真對此深信不疑。

所以達爾文才會對發表學說的事那麼遲疑吧。他害怕的正是這無法適應周遭環境的觀念，會讓自己被自然淘汰。

可是，現在進化論已是天經地義的學說。那些過去人們以為不可能的事，現在都成為常識。達爾文也好，華萊士也好，這都是因為當時的學者們相信自己，持續發表研究成果……

改變了自己周遭的環境。

我盯著右手上的飛機。

要是跟一百六十年前的人們說這是交通工具，誰都不會相信吧。

鐵塊怎麼可能飛上天空？那根本就是幻想世界裡的事。

我也這麼認為。

認為自己不可能有畫畫的才華，認為自己不可能跟一般人一樣找到工作。

可是，這樣的想法，把自己侷限在多麼狹隘的可能性之中。

左手上，放著一直保存在泥土中的，高中時代的我。捻起折了四折的紙張一角，我直到此時，才終於打開時光膠囊。

看到上面寫的字，我赫然一驚。

「要畫出能打動人心的插畫。」

紙上這麼寫著。那的確是我的筆跡。

原來我是這樣寫的嗎……啊、或許真的是。

不知什麼時候搞混了，還把錯置的內容記在腦子裡，一心以為自己寫的是「成為留名青史的插畫家」。以為自己懷抱偉大夢想，卻被現實無情擊碎。都是不認同我的世人、黑心企業和扭曲的社會不好，自以為是受害者。然而，我最初始的心願，或許只是如此而已。

我想起拯救了差點被我揉爛的畫的希美小妹和她的手。還有說她喜歡我的畫時的聲音。那時，我沒能坦率地接受，還把她當成說客套話。我不但不相信自己，也不相信她。

十八歲時的我，抱歉啊。

現在開始也還不遲吧。比起留名青史，那麼久以後的事……更重要的是，最重要的是，畫出一張能在誰的人生中留駐心上的一幅畫。

那對我來說，就是毋庸置疑的容身之處了。

隔天，我帶著素描簿和各式各樣的筆前往社區活動中心。

就像那天的孔子鳥，《進化的紀錄》裡多的是能激起我創作欲望的圖片。姑且不管要不要參加比賽，我想重新好好面對畫圖這件事。

從活動中心入口進去，平常在接待櫃檯裡的那位白髮大叔正和小町小姐站著說話。我從他們旁邊經過，朝圖書室走去。

熟門熟路地自己拿出《進化的紀錄》，坐在閱覽區挑選圖片。帶著想畫圖的心情來看這些照片，內心又是另一種不同的激昂。今天來素描北美洲的天牛吧。或者，用來自蝙蝠翅膀的靈感設計角色也不錯。喔對了，還是用硬芯鉛筆畫華萊士的肖像也滿有意思的。

雀躍地翻閱頁面時，小町小姐回來了，對借書櫃檯裡的希美小妹說：

「室井阿姨說她這段時間也不能來了。」

我朝櫃檯方向抬起頭。

「她女兒的預產期好像提早了。希美，不好意思，妳可以幫忙事務室的工作到三月底嗎？」

希美小妹露出有些為難的表情點頭。

不、可是那……

我站起來，身體比大腦早做出反應。

「那個……」

小町小姐朝我轉頭。

「可、可以讓我來做嗎？」

汗水從額頭滑落。我到底在講什麼啊？

可是，因為，希美小妹得待在圖書室才行啊。為了成為圖書職員，她是那麼努力。

雖然我不知道在這裡工作該做什麼才好，至少我有很多時間。

小町小姐連眉毛都不挑一下，凝視了我好一會兒之後，露出淡淡微笑。

我代替室井阿姨，每個星期四天，早上八點半來這裡。光是這點就夠吃力了。在這之前，我總是快天亮才睡，也不設鬧鐘，睡到中午才起床，所以也是沒辦法的事。

即使如此，只要撐過剛起床時的慘烈時光，一接觸外面的空氣，人就完全清醒過來了。拖著懶散的身體打掃活動中心雖然很累，幾天下來，過去那種一整天都懶洋洋的感受也已一掃而空。最重要的是，我已經好久沒有靠自己勞動換取金錢，感覺很新鮮。這筆錢要怎麼用，我一開始就決定好了。

接待、打掃、坐在電腦前輸入資料，舉辦講座時也支援帶路等工作。從來沒上去過的二樓原來空間很寬敞，聽說也會在這裡舉行舞蹈教室或舉辦演講。連我都能做的打掃或管理備用品等工作，比想像中還要繁多。

小町小姐似乎跟大家宣稱了我會畫畫，社活通訊的插畫或辦活動時的海報都來請我畫插圖。聽到有人稱讚「畫得真好」，或看到誰在牆上海報前駐足時，我都會偷偷高興地心想：太好啦。我的畫，不知為何特別受年幼的孩子歡迎。

在這裡的時間過得緩慢又充實，跟過去所有的打工都不一樣。或許我不是什麼都不會的人，只是搞錯自己能發揮才能的地方。就算只是一點點，確實有了自己「派上用場」的感覺。這帶給我很大的安心感，使我知道，自己能待在這個地方。

各式各樣的人來到社區活動中心。有講座的老師，也有來聽講的學生。色彩療癒研討會、手工藝工作坊……這裡每天都舉辦各種活動。

為了讓住在這個城鎮的人們度過充實的時光，獲得學習與娛樂的機會，也為了讓大家安心來此，這是個經過種種規劃、思考、顧慮和安排，廣受眾人接受的地方。提供一個這樣的地方，就是成立這個設施最大的目的。

和熟面孔的老奶奶在大廳閒話家常，和年輕媽媽帶來的小朋友建立友誼。我對自己社交的一面感到吃驚。

沒有排到事務室工作班表的日子，我就在圖書室看看書、畫畫圖。真不可思議，彷彿把至今覆蓋的布拿掉一樣，創意源源不斷湧現。以前閒著沒事做的時候，卻什麼也想不出來。連畫畫的勁都提不起。

我也和活動中心工作人員聊了很多。平日總在接待櫃檯裡的白髮大叔……古田先生其實是這裡的館長，也是一般社團法人「區民利用設施協會」的職員。這個協會受政府委託，管理及營運東京都內設置的所有區民設施。

以前講到找工作，我腦中只會想到企業或店家。沒想到，還有這麼多我不知道的工作型態近在身邊。只要再多查一查，說不定也能找到適合我的地方。

想感謝的事太多了。讓我在這裡工作的事、懷著愉快心情勤奮工作的身體、能對來訪的客人展現笑容的自己。

還有媽媽。

就算我辭掉公司的工作，媽媽也不曾責怪我。

看到我在家裡無所事事懶懶散散，她也不會強迫我出門，只是巧妙地找事情給我做，好讓我有出門的機會。

說不定外人會說她「太溺愛」。

舉行法事之類的場合，毫不知情的親戚問「浩彌現在做什麼工作啊」，這種尷尬的事她不知道經歷了多少次。問這類問題的人完全沒有惡意。但這反而更教人難受。不再是學生的大人就該有個工作，社會上的一般人都是被這麼教育長大的。

即使如此，媽媽也從來不曾因為在意他人目光而逼迫我做任何事。

即使哥哥回來，她的態度一定也不會改變。只是我擅自覺得更卑微而已，認為比起我，媽媽更重視哥哥。我竟然這麼認為。

我打算好好去機場接哥哥。和媽媽一起，對哥哥說聲「歡迎回家」。

來這裡工作領到的第一份薪水，我連裝著它們的信封一起交給了媽媽。還附上一小束花。

媽媽，對不起。謝謝妳。雖然妳在我面前總是那麼開朗，其實一直很擔心我吧。

媽媽沒有收下信封，默默推回來還我。之後，把臉埋在花束裡，眼淚不停地流。

四月。

室井阿姨回來活動中心玩。

她女兒和孫子也一起來。真的謝謝你呢，幫了我大忙唷。浩彌，大家都很稱讚你耶。室井阿姨連珠砲似的這麼說著，跟在她背後的女兒手上抱的嬰兒一直盯著我看。脖子都還沒長好的小腦袋頂端，頭髮捲成了一個渦。好像蒙加啊，我才這麼想，室井阿姨就說：

「很可愛吧？他是最強的喔，對現在的我來說，世界上沒有能贏過這孩子的生物。」

結束臨時代打任務的我，繼續每星期來這裡工作四天。

雖然今年度的新任工作人員已經決定，古田先生又多為我爭取了一個名額。

「原本招募的就不是一名，是數名嘛。看到浩彌工作的模樣，我希望你能繼續留下來。」

古田先生這麼對我說。原來，也有這種形式的就職啊。除了寄履歷和面試，等著被選上之外，只要努力做好眼前的工作，也會有人需要我。

我現在是一年簽約一次的計時人員，時薪一千一百圓。夠了，我很感恩。現在，就在這裡一邊工作，一邊畫畫……慢慢地摸索自己的道路吧。

臨走前，室井阿姨說：

「對了，剛才我拿了Honey Dome給小百合，浩彌也去吃啊。」

「謝謝您。小町小姐果然喜歡Honey Dome呀。」

室井阿姨眼珠一轉，咧嘴一笑說：

「她和先生之所以會認識，就是在吳宮堂的店裡，兩人同時伸手去拿Honey Dome，然後一起『啊！』了一聲。她經常插在頭上的白花髮簪，聽說是先生求婚時，用來代替戒指的喔。」

「哇──！」

我好意外。同時，聽得內心充滿幸福的感覺。

該怎麼說呢……每個人都有一段自己的歷史呢。

休息時間，我去了圖書室。

正在把書放回書架的希美小妹注意到我，對我說：「你預約的書到了喔。」

那是一本匯集了世界上所有深海魚的圖鑑。我打算參加藝術雜誌舉辦的插畫徵稿大賽，找了這本書來當參考資料。有了這本書，我就能盡情徜徉在小眾、畫風詭異但充滿幽默和愛的世界。

坐在閱覽區上翻開圖鑑看了一下，耳邊傳來小町小姐「答答答答」高速敲鍵盤的聲音。後方的隔板旁邊，露出一位腰上繫著腰包的伯伯的半邊身體。大概是來做圖書諮詢的吧。

我不由得噗哧一笑。果然是拳四郎嘛。不過，小町小姐的這份神技，教會我的是與北斗百裂拳完全相反的事。

這說來是再單純不過的事實。漫長的進化歷史中，現在我確實——
還活在這裡。

第五章

正雄 六十五歲 屆齡退休

進入六十五歲的九月最後一天，也是我上班族人生的最後一天。

沒有留下特別大的功勞，也沒犯過太嚴重的過錯，只有認真這一點受到認同，勤奮工作了四十二年。

部長，辛苦您了。

部長，謝謝您。

部長，請多保重。

收下花束，在眾人掌聲中，懷著愉悅的心情離開公司。同時，也有一絲安心、一絲寂寥，和一點成就感。

發生了各種事，我還是以自己的方式努力熬過來了。每天，在固定時間搭上電車，走進固定的辦公室，坐在固定的位子上，完成眼前的工作。這樣的日子也在今天落幕。我深深凝視公司大樓，一鞠躬後轉身。

那麼。

……那麼。

…………那麼。

從明天起，我該做什麼才好？

櫻花的最佳賞花期也差不多要結束了，不如明天去附近公園賞櫻吧。

才剛這麼想完，立刻改變了主意。不、不用了。已經賞得夠多了。

每年四月上旬，一到週末就急著趕在花謝之前出門，今年卻不一樣。從含苞待放到盛開，我每天多的是時間慢慢賞花。無論白天還是夜晚，想賞多久就賞多久。

女兒千惠小時候，我忙到週末也沒時間陪她。往往還來不及一起去賞花，春天就過去了。

然而，等到自己終於有時間了，女兒卻早已離家獨立，一個人生活。應該說，就算住在一起，她也未必想跟父親一起賞花吧。

半年前屆齡退休後，我領悟到三件事。

第一，六十五歲這年齡，比我曾經以為的要年輕多了。

我很驚訝。這不是我小時候想像中上了年紀的樣子。當然，現在的我早已不是昔日那個青年，但是至少，我還一點也不覺得自己是個老人。感覺就像中年時期延續到現在。

第二件事，是我這個人的興趣少得可怕，幾乎沒有稱得上嗜好的嗜好。

當然也有幾樣喜歡或期待的事物。像是晚酌的啤酒或星期天的大河連續劇。不過，這些都只是日常生活裡的片刻，和嗜好是兩回事。像是親手做什麼，或是喜歡什麼到忍不住要滔滔不絕長篇大論的地步，這類喜好我是一個也沒有。

最後一件事……

不再是上班族之後的我，已經不受社會認知了。

任職業務部多年，與人交談就是我的工作。而這或許使我產生了自己受人群環繞的錯覺。

過年前後，沒收到任何年末贈禮或賀年卡，連個一起喝茶的朋友都沒有，我對這樣的自己感到錯愕。原來過去我以為的「交情」都只是商業往來，工作的一部分。這半年來，「在那間公司的我」已經逐漸從眾人記憶中消失。儘管我在那工作了整整四十二年。

盯著電視發呆時，妻子依子結束工作回來了。她往屋裡一看，嘴裡低聲發出「哎呀」的嘀咕，朝陽台走去。

「討厭啦，正雄，不是要你把曬乾的衣服收進來嗎？」

糟糕，我忘了。

依子沒有生氣。她用教小孩的語氣說「這個健忘鬼」，打開落地窗門，套上拖鞋。

「對不起啦。」

我從依子手中接過曬衣桿上收下來的衣服，拿回屋內。乾透的衣服有日曬的味道。

過去從來沒做過這些家事，我幫得不太習慣，經常忘掉她拜託我做的事。要是繼續像這樣待在家裡發呆，身體和腦袋逐漸退化，健忘的情形說不定愈來愈嚴重。能被不拘小節的妻子取笑「健忘鬼」，說不定也只有這幾年了。不、從她那語氣聽來，可能早就認為生氣也沒用，對我死心了吧。

我奮力取下曬好衣物上的曬衣夾。可是，不知道襪子和內衣怎麼折才好，只好姑且挑出毛巾來折。

「喔喔，對了，這個。」

依子從皮包裡拿出一張紙。

圍棋教室。

紙的上半部，寫著這行大字。

「我有提過學生裡一位矢北先生吧？他從今年四月開始，在社活中心的圍棋教室當講師。正雄要不要去參加看看？」

「矢北先生？喔喔，你說那個做野草網頁的爺爺啊？」

「對對對。雖然要繳月費，但是因為四月已經過一半了，如果你要去的話，他說可以先繳兩堂的費用就好。」

依子是電腦教室的講師。

四十歲前，她在科技公司當系統工程師，之後轉為自由業。在協會登記後，遇到有電腦教室或講座需要講師，就會聘請她去上課。她現在好像在一個叫社區活動中心的設施當講師，每星期三有課。我完全不懂電腦，但是今後的時代，電腦技能應該算是滿有用的強項。更何況，對依子來說也沒有屆齡退休這種事。

「社區活動中心的話，離我們家走路只要差不多十分鐘。你知道的吧？羽鳥小學，中心就附設在小學裡。」

「圍棋喔，我沒下過耶。」

「就是這樣才好啊。從零開始學，很有趣的喔。」

不知何時繫上圍裙走進廚房的依子這麼說。

依子今年五十六歲。我們相差九歲，結婚時常被人說「太太好年輕」。上了年紀之後，雖然身邊的人不再這麼說了，她好像到現在還自認是「年輕太太」。事實上，還在第一線活躍工作的她確實活潑有朝氣，看上去很年輕。現在這個時代，在職場上充滿自信工作的五十多歲女性，那真的是閃亮得令人目眩。

……圍棋啊。

我拿著那張傳單思考。

嗜好是圍棋。聽起來雖然很老套，但好像挺不錯。至少可以讓大腦動一動吧。

上課時間是星期一的上午十一點是嗎？我望向寫了各種預定計畫的月曆。不過說起來，那些都是依子的待辦事項，我沒有任何預計要去做的事。

星期一早晨，我前往社區活動中心。

羽鳥小學我知道在哪，可是走到門口，大門卻沒開，進不去。我按了對講機門鈴，一位女士走出來。

「不好意思，我是來上圍棋教室的。」

「什麼？」

「圍棋教室，社區活動中心的。」

「喔喔！」

這位女士好像是小學的職員。她說活動中心入口不在這，要我繞過圍牆，按照標示就能找到通往那邊的便門。

什麼啊，還以為是附設在小學校園裡，原來只是鄰接。我沿著矮牆走在人行道上，找到寫有「社區活動中心由此入」的牌子。

走進狹窄的通道，眼前出現一棟白色建築。和小學校園中間隔著欄杆。

打開門進去，右邊就有接待窗口。櫃檯裡側似乎是辦公室，一個穿綠色襯衫的年輕小夥子坐在電腦前。

另一位先生察覺我，走上前來。他有一頭豐盈的白髮。

「請在這邊填寫。」

那是放在櫃檯上的入館表，必須填入來訪者姓名、目的和來訪時間。我拿起原子筆。

「哎呀，我剛找不到這邊，還迷路了一下。聽內人說是小學附設的活動中心，還以為就在校園當中。」

喔喔，那位先生笑著說：

「以前這裡和小學的確是相連的沒錯，只是現在因為安全性的問題，改成兩邊無法互通。」

「……是喔。」

「其實這裡原本就是為了加深小學學童和地方居民交流而設置的場所啊。只是近年來危險事件頻傳，大家就說最重要的是保護孩子們的安全，學校大門也鎖起來了。羽鳥小學的學童，很多人畢業前都沒來過這裡喔。」

原來是這樣啊。我一邊答腔，一邊填上姓名。

權野正雄。

最近已經很少有機會被人叫到名字了。最後一次應該是上個月去看牙醫的時候吧。

圍棋教室開在和室裡。我脫下鞋子，踏上榻榻米。

裡面已經有好幾組人在對弈了。一位四方臉的老先生一個人坐在最裡面。

老先生一看到我就說：「是權野先生嗎？」這個人就是矢北老師啊。之前聽說他七十五歲了，看上去皮膚還很有光澤。

「歡迎歡迎，我聽您夫人提過了。」

「內人平時受您關照了。」

「別這麼說，我才要謝謝她呢。」

受您關照了。好久沒用這句慣用的寒暄語。

隔著圍棋盤，矢北老師先教我棋子怎麼擺。擺的位置，還有順序。如何決定先手和後手。都是些基本的基礎規則。

嗯嗯，我一邊點頭一邊聽，矢北老師忽然說：

「很棒的太太呢。」

我疑惑地抬起頭，矢北老師又摸著下巴：

「權野老師啊，真羨慕您有個這麼好的太太。工作能幹，頭腦好，還很貼心。是說，我已經不想再投入婚姻就是了。」

這麼說來，他現在是離過婚的單身人士嗎？不知該如何回答，我只能盯著棋子做些「喔、嗯」之類模稜兩可的回應，矢北老師倒自己劈哩啪啦說起來了。

「常見的熟年離婚啦。你想想嘛，還在公司上班時，就算早上吵架，吵完就去上班了，回到家時爭執的內容多半已不放在心上，就這樣不了了之。沒想到，退休後整天在家，面對面的時間長了，往往會錯過重整情緒的機會啊。雖說即使那樣，都那麼多年的老伴了，我原本還覺得彼此彼此，破鍋破蓋正好一對的啊。」

「喔……」

「可是女人這種生物啊，過了某個時期後，原本忍耐的事好像會一口氣爆發，再也不能原諒喔。到最後，她連我挑襪子的品味都要嫌棄，說她受不了了。簡直讓人莫名其妙。」

這位老師話真多。聽老師分享自己的私事，大概是這個講座的入門儀式吧。我偷看了他的襪子，是魚鱗圖案。因為這種事被離婚，還真教人同情。我微笑到臉頰抽搐，矢北老師還在繼續：

「她拿出離婚證書時，我真的被殺得措手不及。可是，我還有從十幾歲持續到現在的圍棋這個興趣，也喜歡園藝和尋找野草，想做的事很多。人生就必須要有幾個期待的樂趣。總之，現在大家各自恢復單身，享受生活，反而比較好。」

是這樣的嗎？上了年紀，從工作崗位上退休，還離了婚一個人生活，只要能投入嗜好興趣就能過得這麼幸福又有活力。更何況他手上還有這份「圍棋講師」的工作，想必隸屬某個團體，在植物這個領域裡也有一番天地。在依子的電腦教室學做的網頁，肯定也吸引到不少人。

「妻子態度開始不變，是我屆齡退休半年後的事喔。府上也該注意一下才好。」

矢北老師壓低聲音這麼說，彷彿告訴我的是比圍棋規則更重要的事。

時間到了，圍棋教室也下課了。

下圍棋比我想像中還難。因為一切教學只靠矢北老師口頭進行，沒法拿紙筆寫下筆記，我完全記不住。

也考慮過想辦法把今天撐完就好，可是四月的兩堂課費用已經預繳了，還有一堂不來上也很浪費。

走出和室，一個年輕小夥子從我面前經過。是先前在辦公室用電腦的綠色襯衫男孩。我朝他看一眼，看見他走進後面一間門口上方掛著「圖書室」牌子的房間。

原來這裡還有圖書室啊。

或許有圍棋相關的書，借來看看也好。

我跟在綠襯衫男孩後面走進圖書室。

圖書室不大，但整面牆的書櫃裡擺滿了書。綠襯衫男孩和一個穿深藍圍裙的女孩簡單聊了幾句。除了他們之外沒有其他來借書的人。

圍棋的書不曉得放在哪一區呢？我在東張西望時，圍裙女孩抱著幾本書走過去。掛在胸前的名牌上寫著「森永希美」。

「不好意思，請問圍棋的書……」

我這麼一問，森永希美小姐就露出向日葵般的笑容，指著反方向的書櫃說：

「在那邊。」

寫著「娛樂」的書櫃上，有圍棋和將棋的書，種類比我想像的更豐富。

「有很多呢。」

我上下打量書櫃，希美小姐又說：

「這類參考書很難選吧，一開始根本不知道自己不懂的是什麼。」

她很理解借書人的心情，是個稱職的工作人員。

「我也沒下過圍棋，不過那邊有圖書職員，可以找她諮詢，請她幫您找書喔。」

找圖書職員諮詢好像太勞師動眾了，但既然希美小姐這麼說，我就去看看吧。後方天花板上吊著一塊「諮詢區」的牌子。我朝那邊走去，從充當佈告欄的屏風後面往裡窺看。

一看之下，我赫然止步。

在那裡的，是個難以形容的龐大女人。開襟的白色襯衫彷彿隨時可能繃破，令人擔心鈕釦會就這麼飛過來。頭髮紮成一個丸子，還插上有白花裝飾的髮簪。她本身皮膚也白，整個人就像正月神社裡擺飾的巨大鏡餅。

她似乎沒察覺我，低著頭手動個不停。定睛一看，那似乎是一團毛球，而她正用針戳刺那團毛球。表情好像在生氣，讓人不敢靠近。

……好吧，反正也不用特地詢問圖書職員，自己找看起來不錯的書就好。才剛這麼想的下一瞬間，圖書職員手邊的盒子映入眼簾。那是我很熟悉的，深橘色的甜點盒。

裡面裝的不是甜點，而是針線和剪刀。看來是把空盒拿來當針線盒了。正面朝上的蓋子就放在一旁。

模仿蜂窩形狀的六角形設計，中央的白色花朵，是相思樹的花。Honey Dome，就是這款餅乾的盒子。我任職多年的……吳宮堂出的。

我不知不覺往前彎腰，看著那盒子出神。

忽然，圖書職員抬起頭。

「你在找什麼？」

你在找什麼？

這聲音出乎意料的穩重凜然，引起身體深處的共鳴。

我在找什麼呢。或許是……度過今後人生的方法？

圖書職員凝視著我。看似在生氣的表情，也在眼神交會後，散發一股觀音像般的慈悲。

我小心翼翼地回答：

「想找一下圍棋的書，我今天初學圍棋，沒想到挺難的。」

圖書職員歪了歪頭，脖子發出喀啦聲。從掛在胸前的名牌看來，她的名字是「小町小百合」。小町小姐把針和毛球收進盒子裡，一邊蓋蓋子一邊說：

「圍棋是一門很深奧的學問呢。不單只是搶陣地的遊戲，還能讓人思考生死，每一局棋都充滿了戲劇性。」

「哇，這麼深奧啊。」

一點也不是休閒娛樂嘛。娛樂或嗜好這種事，不是應該更有樂趣，讓人產生雀躍的心情嗎？

「哎呀，看來我不適合下圍棋呢。」

我搔搔頭，改變話題。

「……妳喜歡那個喔？」

嗯？小町小姐對我報以狐疑的視線，我指著針線盒說：

「吳宮堂的Honey Dome。其實，直到去年我還是那裡的員工。」

沒想到這麼一來，小町小姐細細的眼睛忽然睜得好開，「齁」地大聲吸氣。然後像被什麼附身似的笑逐顏開，頂著渙散的眼神，開始唱起歌來。

要不要　要不要

要不要　嚐一嚐？你也好，我也好，要不要嚐一嚐？

要不要　嚐一嚐 Honey Dome

吳宮堂的 Honey Dome——！

這是差不多有三十年歷史，至今還在放送的 Honey Dome 廣告歌。

她唱得很小聲，屏風外聽不到。沒想到身軀龐大的她竟然能發出那麼尖細的假音。小町小姐只有在唱到最後一句「Honey Dome」時，「me——」的部分特別用力，像個小孩子一樣，就只是興高采烈地唱著歌。

因為太突然，起初我也嚇到了，但馬上就開心起來，還差點流出眼淚。

唱完後，小町小姐才忽然回神似的，換上嚴肅的表情。

「這歌詞裡的『要不要、要不要』那段，應該有很多含意吧？要不要嚐一嚐、Dome和吳宮堂的堂有相近的發音，說不定也可以解釋為英語的Do？」❻

「……您分析得非常正確。」

雖然廣告裡主要只用了她唱的這段歌詞，實際上這首歌的長度要更長。唱到最後還有英文歌詞。這是因為，我們希望推出一款不問國籍，不分男女老幼都喜愛的甜點。

小町小姐恭謹地低下頭。

「感謝您做出這麼棒的甜點。」

我苦笑著說：

「不、又不是我做的啊。」

是啊。這西點明明也不是我做的，但是至今，只因為自己是吳宮堂的員工，總是當作自己的東西一樣推薦給別人。從以前到現在，聽到Honey Dome被稱讚就會很高興。

可是我已經……

「已經不是吳宮堂的人了……」

只說了這句話，心就刺痛起來。小町小姐看著我，那寬容的氛圍，讓人感受到她任何事都能接受的廣大胸襟。

❻這裡的發音相近指的是日文發音。

是啊。我一直希望有人聽我說這些。眼前這又白又大的……這麼說或許太失禮，但這位不太像一般人類的小町小姐，讓我很想說些掏心掏肺的話。

「對我這樣的上班族來說，屆齡退休這件事，感覺就像退出了這個社會。還在上班的時候，也會很想好好休息，實際上真的有時間了，卻又不知道該做什麼才好。不免認為剩下的人生沒有意義。」

小町小姐連眉毛都不挑一下，語氣和緩地說：

「什麼叫剩下？」

我也問自己，什麼叫剩下。

「就是剩餘的東西吧，或說是多餘的東西。」

帶點自嘲地如此回應後，小町小姐這次朝反方向歪頭。

「比方說，買了一盒十二個裝的Honey Dome，然後吃掉了十個。」

「嗯？」

「這時，盒子裡的兩個是『剩下的』嗎？」

「……」

無法馬上做出回應。總覺得，小町小姐提出的問題似乎直搗核心。可是，我無法順利找到適當的話語來表達這個問題的答案。

見我沉默不語，小町小姐便豎直了背脊，坐回電腦前方。像要開始彈鋼琴那樣，雙手輕輕放在鍵盤上。

接著，只聽得一陣答答答答答的聲音，小町小姐用驚人的速度敲打鍵盤。那圓圓胖胖的手指為什麼能移動得這麼快速，真是不可思議。我還張口結舌看著她，她已經敲完最後一顆鍵盤。瞬間，印表機嘎啦嘎啦動起來，吐出一張紙。

她遞上來的這張紙上，印著一張表格，表格裡列出書名、作者名和書櫃編號。

《圍棋的基礎　退可守進可攻》、《從零開始圍棋講座》、《初級・實踐圍棋大師》。

還有一本《紫雲英與青蛙》。

書名旁邊括號註明「（Junior poem雙書20）」，作者是草野心平。

poem，詩？沒記錯的話，草野心平是詩人沒錯。

可是，為什麼推薦我這本？和圍棋有什麼關係嗎？我凝神細看那張紙，小町小姐彎身朝櫃檯下方的木櫃伸手。打開最下層抽屜，摸索著拿出了什麼東西。

「請收下這個，這是給你的。」

她握拳的手朝我伸來，我自然而然攤開掌心，小町小姐就把一團紅色的毛球放在我手上。方形的身體，還有一對小剪刀。

「這是……螃蟹？」

「這是贈品。」

「贈品？」

「對，借書送贈品。」

「……這樣啊。」

搞不太懂什麼意思。我明明問的是圍棋的事，她拿出的卻不是青蛙就是螃蟹。

我看著那有著莫名寫實彎曲蟹足的螃蟹，小町小姐說：

「這叫羊毛氈。無論任何造型，任何大小都能做得出來喔。有無限種可能的模樣，沒有任何『到此為止』的限制。」

羊毛氈啊。這也是一種嗜好呢，真教人羨慕。

「手作也是一種『工作』喔。」

「咦？」

她似乎話中有話，我忍不住抬起頭，小町小姐卻已再度打開Honey Dome的盒子，拿出裡面的戳針和毛球，低下頭重新戳了起來。在她身邊似乎有一層不願讓人靠近的防護罩，我也不好意思再繼續跟她說話。無可奈何之下，將螃蟹放進腰包，帶著那張紙走向書櫃。

照小町小姐的推薦借了所有的書，吃過晚飯後，我帶著那些書進了家裡的西式房間。這裡原本是女兒的房間，現在則是家人的共用空間，一半放著女兒的東西，另一半當儲藏室。

三十五歲時，我買下這棟公寓裡的一戶。新蓋的三房兩廳，現在已經老舊不堪，到處都有需要維修的毛病。只是因為幾乎沒有客人會來，倒也不特別在意，就直接放著不管了。像是牆上擦不掉的污漬、破洞的紙門，發出嘰噫怪聲的門都是。

和室用來當我們夫妻的寢室，除了這間房間外，另外還有一個西式房間，那裡現在成了電腦室。感覺就像一座屬於依子的城堡，我不太敢踏進去。

在千惠國中時買給她的書桌前坐下，把書放上去。

快速翻閱圍棋相關書籍。明明是自己主動想看的書，卻怎麼也引不起興趣。從中感受不到任何生死交關的戲劇性。

其中只有一本，像不小心借錯了似的，有著質樸抒情的封面。

《紫雲英與青蛙》。

封面上，畫著三隻表情悠哉的青蛙。中間還有一條河川流過，岸邊一片粉紅色，令人聯想到櫻花。用蠟筆畫成，一看就是孩子會感興趣的插畫。

翻開書頁，首先看見的，是以「與詩來往」為題的序章。

這篇文章非出於草野心平之手，而是一位名叫「澤隆史」的編輯所寫。這套書既然屬於「Junior」系列，文字敘述自然以孩子為對象，讀來平易近人。不過，依然能從字裡行間讀出他對詩和草野心平的熱情。

這位澤先生說，若是遇到自己覺得好的詩，就算中意的不是整首，建議也可以將喜歡的那一部分謄寫在筆記本上。這麼一來，就可以得到一本自己手工製作的「選集」。

「接觸到詩人的心與詩人的生存之道時，感動就會加深。這或許可以說是因為我們和詩人一起感動，和詩人活在一起。」

和詩人活在一起。這話未免說得太誇大。我有些質疑。

「還有，如果自己也想寫詩了，請務必寫寫看。」他又接著這麼寫，我情不自禁發出聲音笑著說：「不是的吧。」

話說回來，謄寫倒還做得到。「只要謄寫喜歡的部分詩句即可」，這說法讓我感到輕鬆，「選集」聽起來又挺時髦的。說不定比下圍棋容易多了，還散發一股知性。

家裡有沒有筆記本呀。我拉開書桌抽屜翻尋了一會兒，找出一本大學筆記。起初的兩頁寫著一些英文字母，是我的字跡。

對了，回想起來差不多是二十年前吧，曾有一段時間打算聽NHK的廣播學英語。我這人多多少少還是有點上進心的嘛，心想加強英文對工作也會有幫助，還能當作一個嗜好。不過，沒學兩下就告訴自己「年過四十不可能再學新東西」放棄了。要是從那時持續到現在，一天學個一頁也好，現在我應該已經一口流利英語了吧。

這本筆記本，今後再也沒有被英文填滿的機會，這麼一想，我就把那兩頁撕下來，得到一本完全空白的筆記本。

把筆記本橫放，用直書的方式開始寫。

我讀了三篇詩作。從筆筒裡拿出一支水性筆，試著將第一篇讀到的〈春之歌〉謄寫下來。

啊　好耀眼哪。
啊　好開心哪。
水　滑溜溜。
風　輕飄飄。
呱呱呱　咯咯。
哎呀好香的味道。

詩還有後續，但我停筆在這裡。

書裡出現了四次「呱呱呱　咯咯」，應該是青蛙的叫聲吧。節奏輕快，字數也搭配得巧妙，真是出色。

我又這麼入迷地讀了這本詩集好一會兒。

原以為整本都像〈春之歌〉一樣輕快悠閒，沒想到也有其他作品呈現的是一股難以言喻的寂寥，甚至是陰暗的氛圍。

不久，我讀到名為〈河鹿〉的詩。

「唧唧唧唧唧唧唧唧 唧嚕唧嚕唧嚕唧嚕唧嚕」。是一首單調但讓人留下強烈聲音印象的詩。愈謄寫愈納悶。

這是什麼聲音呢？河鹿會是一種魚嗎？還是一種鹿？

因為沒有解釋，我也讀不明白。還有「夜晚夾在邊界」、「閃爍的腮」之類的詩句，到底描述的是什麼狀況，我完全想像不出來。

我只謄寫了「唧唧唧唧唧唧唧」就放棄了。

看來，要理解詩集也不是一件容易的事。說不定比記住圍棋的規則還難。我闔上筆記本。

隔天下午，我和依子一起出門。

要去的地方是我不熟悉的綜合超市「伊甸」。依子說她最近才知道電腦教室的學生在這裡的女裝部工作。依子有駕照但不敢上路，太遠靠雙腳走不到的地方，她就會拜託我開車。我找不到拒絕的理由。

我們走向公寓停車場。

「啊、是海老川先生！」

正在花圃裡拔雜草的，是公寓管理員海老川先生。依子叫了他的名字，海老川先生就朝我們轉頭。他是個初老的男人，過完年不久才從前一任管理員手上接下工作。

依子笑咪咪地點個頭。

「上次謝謝您了。真的跟您說的一樣，清理乾淨之後，煞車就大致恢復正常了。」

聽說上星期在停車場遇見海老川先生時，依子提到「腳踏車煞車不太靈敏」的事，海老川先生教她用中性洗潔劑清理煞車塊的部分，說這樣就會好很多。

「小事小事，能修好就太好了。我以前開過腳踏車行，所以略懂略懂啦。」

海老川先生笑得隨性，繼續拔他的雜草。他雖然不是陰沉的人，但也不多話。

走出公寓，依子說：

「海老川先生啊，在外面遇到的時候判若兩人呢。或許因為他穿便服的時候都會戴上時髦的針織帽。」

「判若兩人？」

「嗯。該怎麼說才好呢……像個仙人似的，有種不食人間煙火的感覺。穿制服坐在管理室窗口的時候，就只是個普通的管理員伯伯。」

抵達伊甸，在停車場停好車，依子先帶我去了二樓的女裝賣場。

「朋香！」

聽到有人喊她的名字，女店員轉過頭。一看到依子就笑開了臉。

「權野老師！您真的來啦！歡迎光臨。」

「我真的來啦。這是我先生，正雄。」

朋香雙手放在腹部彎腰，鞠躬的姿勢很漂亮。

「久仰大名。平常承蒙權野老師照顧了。」

「別這麼說，內人才是承蒙照顧了。」

繼矢北老師之後，又一次的社交寒暄。

我好像已經得透過依子，才能保持與社會的聯繫了。

依子開始挑選衣服，我雙手空空也沒事做，只好看看附近的上衣和裙子。

朋香小姐看上去不到二十五歲，是個手腳俐落，健康有活力的小姑娘。最重要的是，感受得出她對自己的工作充滿幹勁。

「這個，可以試穿看看嗎？」

依子拿起一件洋裝問。朋香小姐說：「當然可以呀。」為她拉開試衣間的簾子。

剩下我跟朋香小姐後，她也自然地向我搭話：

「真不錯呢，夫妻倆一起來買東西。兩位感情很好喔。」

「沒有啦，我退休在家後，她可能覺得很礙事吧。畢竟我完全不會做家事，本來想說至少可以幫忙做做菜，沒想到也不容易。」

朋香小姐想了一下，露出清新的笑容：

「……要不要試試看捏個飯糰？」

「飯糰？這麼簡單的東西就行了嗎？」

「我想她會很高興的喔。男人捏的飯糰啊，米粒黏合得恰到好處，很好吃喔。可能跟握力還有手掌大小有關吧。您要是捏飯糰給權野老師，她一定會怦然心動。」

「怦然心動……是嗎？」

我笑著反問。

「朋香小姐的男朋友是不是也捏了飯糰給妳吃呀？」

朋香小姐臉羞得通紅，但沒有否認。

最後買下試穿的那件洋裝，還有印了貓圖案的T恤，依子又拉著我去食品賣場。

「在這邊把晚餐的菜買一買吧。」

她說想吃生魚片，就往鮮魚賣場走去。

裝有切好的生魚片和貝類的冷藏玻璃櫃旁，有一個小檯子。上面好像有什麼在動。定睛一看，長方形的透明塑膠容器裡都是溪蟹。

我想起小町小姐給我的螃蟹，盯著眼前的生物看得出神。

大概有五、六十隻吧。泡在少少的水裡，擠得密密麻麻。有幾隻不知想表示什麼，揮舞平扁身體上的兩隻小螯夾。

不經意抬起視線，我大受衝擊。

一塊保麗龍板上，寫著紅色醒目的「溪蟹」。下面還有一行小字——

「可油炸！或當寵物！」

……當寵物。

這裡是食品賣場，賣的當然是食物。可是，一旦被提醒還有當成「寵物」的選擇，我就不知如何安放自己的心情了。

——不是被吃掉，就是受疼愛。

在這裡的螃蟹們，正站在完全不同的人生岔路口呢。

一想到擠在塑膠容器裡的螃蟹們的命運，一股難受的情緒哽在喉頭。

對公司來說，我是哪一種螃蟹呢？還在盒子裡的時候，大家都滿口「部長、部長」地捧我。可是到最後，還是被公司這個組織給吃掉了嗎？

正在挑選生魚片的依子轉過頭。

「噯、竹筴魚和秋刀魚哪個好……咦？是溪蟹啊？」

依子探頭過來，似乎很感興趣。

「不行。」

我勉強擠出這句。

「不行。還活著，別吃牠們。」

「不然你要養嗎？」

依子半開玩笑地說。

這又是另當別論的事了。

對螃蟹來說，在狹窄的水族箱裡度過無聊的一生真的是幸福嗎？比起那樣，倒不如被扯進連鎖的食物鏈裡吃掉更好。不，會有這種想法，也是出於人類的自私吧。

我默默不語時，依子的LINE響起通知聲。

「啊、是千惠傳來的。」

一邊操作手機，依子一邊發出開心的聲音。

「她說我訂的書到了耶。噯、不然我們不要買吃的了，去找千惠吧。要是她今天值早班，四點多就能下班了，或許可以一起吃晚餐。」

這提議稍微鼓舞了我低落的心情。臨去之際，我再度瞥了溪蟹們一眼，祈禱牠們能過得幸福。至於牠們的幸福是什麼，那我就不確定了。

我們的獨生女千惠，在車站大樓裡的書店工作。

明森書店，是一間連鎖書店。千惠二十七歲，單身。大學畢業，以約聘方式進入這間公司時，她也順勢搬出家裡，自己租屋生活。

依子好像滿常來這間書店，我則很少來。總覺得父母跑到子女的職場好像不太好。

一到書店，千惠正在文庫本的書櫃前服務客人。一位老婦人不知道在問她什麼。我和依子站在稍遠處看著。千惠臉上呈現在家時不曾見過的表情，柔和中散發一股英氣，笑容爽朗。

老婦人好像理解了，點點頭，手上拿著書行禮致意後，就朝結帳櫃檯走去。笑著目送老婦子的千惠，注意到我和依子了。

千惠穿白色有領襯衫和深綠色的圍裙。書店沒有規定員工制服，不過這麼穿好像是店裡的規矩。一頭清爽的短髮很適合她。

我們走到千惠身邊，千惠就指著書櫃說：

「這塊宣傳POP，是我做的喔。」

在秀出封面陳列的書旁邊，貼著一張明信片大的卡片。上面簡明扼要寫出書名和書中有趣的重點。

做得很好耶。依子這麼一說，千惠就露出得意的表情。

「POP很重要喔，甚至會影響銷售量呢。有了這個，客人就能認識這本書，也有客人說光看POP就被打動了。」

原來如此，我想起在超市看到的溪蟹。要是保麗龍板上沒寫那些字，我也不會思考起螃蟹的命運吧。依子說：

「妳幾點下班？要是今天值早班，要不要三個人一起吃晚餐？」

千惠「啊——」了一聲，搖搖頭說：

「今天值晚班，而且還要準備辦活動的事。」

在書店工作是體力活。不但要站一整天，還得搬那麼重的書，一整天被各種待辦事項追著跑。聽依子說，千惠還有同事因為傷了腰，不得不去住院。我擔心了起來。

「好辛苦啊，別搞壞身體了喔。」

「沒事的，而且我明天休假啊。」

千惠快活地回答，一臉高興的樣子。

休假啊……

這麼說起來，退休之後我領悟到的，還有一件事。

那就是，沒有在工作，就表示沒有假能休。正因為有工作，才會有假日。我再也享受不到假日前一天那種即將獲得解放的快感了。

千惠轉向依子。

「妳要來取書對吧？」

「嗯。啊、我還有雜誌想買，等一下喔，我去拿。」

依子快步走向雜誌區。我心想也該買點什麼，但一時又想不出要什麼書。倉促之間，就這麼問了千惠：

「詩集之類的，擺在哪裡啊？」

千惠意外地睜大雙眼。

「詩集？比方說誰的？」

「像是草野心平啊。」

千惠一聽就露出微笑。

「喔喔，那個我也喜歡。小學國語課本有，呱呱呱咯咯。」

「那首是春之歌吧。」

「沒錯沒錯，爸爸很厲害嘛。」

我聽得滿心大悅，跟在千惠後面走。

她帶我到童書區，找到跟我借來的《紫雲英與青蛙》一樣的書。翻開頁面，我問千惠：

「這裡的河鹿指的是什麼，妳知道嗎？」

「我記得應該是青蛙的一種，河鹿蛙。」

太強了吧，馬上破解了我心中的謎團。原來這也是青蛙。

「小學的時候，老師建議我們也可以讀讀草野心平其他的詩，另外教了我們幾首，所以我才會知道的。這本書名裡的『紫雲英』，其實就是蓮華草。蓮華有調羹的意思喔。」

「原來是這樣啊。不過，這個人的詩，有時讓人看得一頭霧水耶。」

「就算看不懂，詩這種東西啊，不用想得太複雜，只要跟著氣氛去讀就好。想怎麼發揮自己的想像力都行。」

依子帶著一本厚厚的女性雜誌回來，我把書放回書架上。

「就是這個，我想要這本雜誌附贈的手提袋。」

雜誌看起來很厚，是因為裡面夾著贈品。我想起小町小姐給我的「贈品」還在身上，就打開了腰包。紅色螃蟹從裡面探出頭來。

「啊、是螃蟹！」

千惠看見螃蟹，發出驚呼。不知為何臉有點紅。

「妳想要嗎？」

「……嗯。」

千惠點點頭，我一把螃蟹給她，她就開心地收下。我忽然覺得心都軟了，為了這點小事這麼開心，她真的還是個孩子。

結果，只有我和依子一起在外面吃了飯才回家。我走進房間，打開《紫雲英與青蛙》。

知道那是河鹿蛙之後，詩讀起來頓時饒富興味。

原來如此，是青蛙叫啊。

跟「呱呱呱，咯咯」不一樣，這裡的叫聲並非歌詠充滿喜悅的春光，讀來特別深奧。

「邊界」和「閃爍的腮」雖然還是讀不懂意思，但腦中隱約浮現黑夜之中，水滴滴落的光景。感覺好像……世界一開一闔，光線若隱若現。這時，四下響起了莫名教人感傷，又有那麼一點滑稽的青蛙叫聲——

……喔喔！

這就是「詩的鑑賞」嗎？真有趣。我好像有幾分這方面的才華嘛。

於是，我開始慢慢一頁一頁往下讀，讀著讀著，一篇作品吸引了我。標題是〈窗〉，以這本詩集來說，這首詩的長度算是難得的長。

潮水湧上。
潮水消退。
潮水舔舐古老的石牆。
在陽光照射不到的入海口。
潮水湧上。

潮水消退。

木屐、枯草。

還有油污。

木屐、枯草、油污……是不是想描寫人類丟棄的垃圾，集中在陽光照不到的入海口的景象呢？

之後，作品裡多次出現「潮水湧上。潮水消退」，我想，這應該是一首想表達海潮流動的詩。

從遙遠的外海，到眼前的入海口，海潮湧上又消退。馳騁的思緒想像著宏偉的大海風光。潮水湧上。潮水消退。

然而，可是——

為什麼詩名叫「窗」呢？

明明詩裡只寫著潮來潮往的景象，標題卻不是「潮水」而是「窗」。

詩還有後續。後半段除了潮水的光景外，還出現「愛、憎惡、惡德」等字眼。

我一個字一個字仔細地將這首作品讀到最後。然後，花了三頁筆記謄寫整首詩，一次又一次，反覆地追逐文字。

下個星期天。

雖然提不起勁去圍棋教室，又不想浪費已經繳交的費用。心想，這次上完之後，下次就婉拒吧。我開始準備外出。

依子上次說海老川先生戴帽子很時髦，我是否也該打扮一下。本想問依子帽子放在哪，她卻去了洗衣店。

我從一個被擠到衣櫃角落的小盒子裡，找到一頂黑色棒球帽。忘了是幾年前拿到的贈品。戴上這頂帽子，穿上鞋子走出門。

到了羽鳥小學，我從正門前走過，沿著圍牆繼續往前。校園裡傳來孩子們朝氣十足的聲音。

我停下腳步，隔著圍牆看校園。大概正在上體育課吧，應該是三年級或四年級的學生。穿著短袖短褲的體育服，大家正在做熱身操。

好可愛啊。千惠也曾有過那個階段。

去參加她的教學觀摩會，她發現教室後方的我，不出聲地用嘴型說「爸爸」，結果被老師指責。不過我好高興。

我呵呵笑起來，時間真是一眨眼就過了呢。孩子也不再是孩子了。

這時，感覺身旁一道犀利視線射向我。轉頭一看，是個年輕警察，正緊盯著我看。我不由自主別開視線，正想趕快離開時，對方喊了我「等一下」。

雖然沒做任何見不得人的事，卻不知怎地忽然害怕起來。我裝成沒聽見，加快腳步。

「給我等一下！」

警察的叫聲，嚇得我身體一顫。這是第一次被這麼年輕的男人大聲命令，內心充滿各種複雜情感。

我停下腳步，全身僵硬。警察跑過來，用嚴峻的表情說：

「這位爺爺，你剛才逃跑了吧？」

爺爺……

我大受打擊。原來我的外表，看在別人眼中已經是個老人。警察繼續用犀利的目光盯著我。

「我要問你一些事情。叫什麼名字？」

「……權野……正雄。」

「職業是？」

我頓時語塞。無業。必須這樣回答，使我哀傷地低下頭。警察又責問我：

「能不能拿出身分證明來看看？」

我伸手進腰包，這才赫然發現，平常都會把放有駕照和健保卡的錢包放進去，今天想著不會去太遠的地方，就只帶了零錢包。

我茫然自失，眼神空洞。看到這樣的我，警察又問「怎麼了？」朝我更逼近一步。

結果，因為有帶手機，我聯絡了依子，請她來接我。幸好依子已經回到家了，便帶著我的和她自己的駕照來，條理分明地跟警察解釋。拜她之賜，我才得以無罪釋放。

圍棋教室的時間早就開始，我也不想去了。走在回家路上，依子叨叨絮絮地埋怨：

「那個警察雖然很沒禮貌，正雄你也真是的。為什麼要表現得慌慌張張呢？」

「因為……我嚇到了嘛，誰教他劈頭就把我當成犯罪者。我只不過是覺得小孩很可愛，在那看著而已。」

「唔——」依子皺起眉頭。

「可是啊，平日的白天，穿成那樣的男人笑咪咪地盯著小孩看，會引人懷疑也是沒辦法的吧。現在很多壞人找小孩下手啊。」

「我是穿成怎樣了？」

我驚訝地瞪大眼睛。自認這身打扮應該很正常又普通，還戴上帽子趕時髦了不是嗎？依子卻指著我的頭說：

「首先，這頂棒球帽，帽簷壓得太低了，誰看都很可疑啊。」

「欸欸欸？」

「鬆垮垮的馬球衫配運動褲，這根本是睡衣吧。」

說到這個地步，依子繼續自言自語般地碎唸：

「還有，為什麼穿運動褲要配皮鞋啊。」

這是因為，對我來說，比起新買的球鞋，上班族時代穿慣了的皮鞋穿起來更輕鬆呀。要進和室時脫鞋子也方便。沒想到，一個人的可疑與否，竟然能用穿著打扮來決定。所以穿西裝的人就不可疑嗎？我小心翼翼地問：

「運動褲配皮鞋，真的那麼怪嗎？」

「要把這兩樣單品搭配得帥氣好看，這品味可得相當高才辦得到。」

聽到這裡，我忽然心頭一驚。依子不滿意我的穿著品味。過去也有好多次，我拿出某件襯衫想穿，她卻趁我不注意調換了一件，不然就是繞著圈子問：「你那麼喜歡那個腰包喔？」儘管沒有明說我品味差，或許她也忍耐到了極限。

腦中掠過矢北老師那句「熟年離婚」。原本忍耐的事好像會一口氣爆發，再也不能原諒……

「總而言之，最糟糕的是你一看到警察就逃跑啦。」

「我才沒有逃跑，是他擅自認定……」

我想起被稱為「爺爺」的事，心情又低落了起來。決定這件事絕對不能告訴依子，無奈地望向腳上的皮鞋。

幾天後，家裡收到一整箱的甘夏橘。是依子在愛媛經營農園的親戚寄來的。

「哇！好棒喔。這個，也分一些給海老川先生吧。正好當作上次教我修理煞車的謝禮。」

依子挑出幾顆形狀漂亮的甘夏橘，裝進塑膠袋。

「來，你拿去吧。」

「咦？」

「腳踏車，正雄你也有騎吧？」

「嗯，這麼說也是沒錯啦。」

再說，你很閒不是嗎？

依子雖然沒有說這句話，我感覺得出她就是這麼想。

我提著裝了甘夏橘的塑膠袋，走向管理員室。

管理員室設在公寓大門附近。

窗口裡面有個小房間，是常見的公寓管理員室類型。窗口那片左右推拉式的玻璃總是拉上的，有事時再由管理員從裡面打開對應。

海老川先生斜斜坐在窗口內，不知道在看什麼。

我一走近，他就抬起頭。我隔著玻璃喊「海老川先生」。

海老川先生站起來，特地走到管理室門邊，把門打開。我站在門口，把那袋橘子遞給他。

「愛媛那邊的親戚寄了很多甘夏橘給我們，也分您一些。」

「這太感謝了。」

收下甘夏橘的海老川先生背後有幾個螢幕，上面映出的，好像是防盜監視器的畫面。原來他在看這個啊。海老川先生說：

「啊、權野先生，您喜歡吃水羊羹嗎？」

「嗯，還可以。」

「前天人家送了我一些，老實說，我不太敢吃紅豆餡，要是您能收下就幫了我大忙啦。請等一下。」

那大概也是誰為了答謝他什麼而送來的禮物吧。大家似乎送了他各種東西。要是他不喜歡吃甘夏橘那可怎麼辦？

當我想著這些時，海老川先生背對我走向管理員室內。

第一次看到管理員室，裡面比我想像中還寬敞。從外面看，以為頂多只有海老川先生座位附近的空間，其實屋裡還有個小流理台和收納櫃。

放滿資料夾的書架、書桌上也有成堆的文件，靠牆還放著白板。這裡儼然是個體面的「辦公室」。

眼前，還有一大扇玻璃窗。

「……窗。」

我下意識地低喃。

手上提著日式點心紙袋的海老川先生回過頭，我趕緊解釋：

「啊、不是啦，我是在想，管理員的工作包括哪些呢？屆齡退休後，我時間太多了，想說如果能再找個工作也不錯。」

這番話雖是說來打圓場的，倒也不是隨口瞎掰。我身體還健康，又有時間，既然無業的事實讓我這麼難受，只要再去找份工作不就好了嗎？這我當然非常明白。

然而，只在公司這種地方任職過的我，遲遲想不出退休後能再找什麼樣的工作。之所以沒在六十歲那年就退休，申請延長僱用一直工作到延長期限最後一刻的六十五歲，也是出於這個原因。

海老川先生輕聲說「請進」，我踏入管理員室。

「按照規定，住戶原則上是不能進來這裡的喔。要是有人問您，請跟對方說您是來跟我討論如何改善管理工會的事。」

接下來，海老川先生跟我分享了一些管理員的工作內容。包括業務內容、時薪以及如何應徵這類工作。原來他還比我大一歲。

窗外，左來右往的，不斷有人們經過。

住戶、來客、宅配業者。

小孩、大人、老人。

看著這片風景，忽然想起〈窗〉這首詩。

潮水湧上。

潮水消退。

海老川先生就是這樣，每天從這扇窗裡看著潮水般的人來來去去。

每天反覆、持續，看著人們的生活，日常。我對他說：

「各式各樣的人從這前面經過呢。」

「是啊，說來不可思議，明明只隔著一層玻璃，這邊和那邊彷彿兩個世界。好像在看水族館的水槽裡魚兒游泳的樣子。不過，管理員室看在那邊的人眼裡才真的是個小水族箱吧。」

海老川先生笑了。

或許他說得對。無生命的玻璃，毫不留情阻斷了生物的氣息。

不久前，我曾看過一對夫妻在公寓門口大聲吵架。他們應該幾乎沒意識到那片玻璃後面有人吧。雖然察覺我經過時就停下來不說話了，在那之前，吵架內容可能早被海老川先生聽得一清二楚。

一位彎腰駝背的老奶奶朝門口慢慢走去，走到窗口前，停下來對著這邊一鞠躬。我也不由自主跟著海老川先生一起低頭回禮了。

她的臉我有印象，只是不知道是幾樓住戶。海老川先生說：

「哎呀，太好了，老太太今天看起來很有精神。她每天都會在差不多時間經過這裡喔。好像是一個人住的樣子，所以我特別注意她。以前我當過一段時間的推拿師，從走路姿勢就能看出大概的身體狀況了。」

我忍不住睜大眼睛。

「海老川先生，您不但開過腳踏車行，還當過推拿師啊。」

海老川先生哈哈一笑。

「我做過很多行業。只要想一動念想試試看，就會迫不及待跑去做，天生的個性。」

「是喔……不過，這些經歷都能在日後派上用場，很棒呢。」

我佩服地說著，海老川先生倒是輕描淡寫：

「可是，開始做什麼的時候，並不會去想日後能不能派上用場喔。只是心動了，就去嘗試做看看，如此而已。」

心動。

我曾有過那樣的心情嗎？海老川先生接著又說：

「也不知道做過多少行業，曾經當過上班族，當時也換了好幾家公司。後來去製紙工廠工作，之後又做居家清潔，還拉過保險，開過腳踏車行和拉麵店。喔，還經營過古董店。」

「古董店，哇。」

海老川先生笑得臉都皺起來，看起來很開心。

「那個是最不賺錢的行業了，但是很有意思。最後欠太多錢，只好把店收了。去遠親那邊工作時，借我錢的朋友以為我捲款潛逃，報警搜尋我的下落。後來雖然有好好地工作把錢還清，當年古董店的常客們似乎都以為我欠債逃跑了。警察只顧著把事情鬧大，解決之後就不能也幫忙澄清一下嗎。」

我想起被警察盤查的事，用力點頭。

然而，海老川先生卻又平靜地說：

「不過，警察也只是在做他們分內工作而已，沒好好聯絡朋友的我也有錯。」

我停住猛點的頭。是啊，那位年輕警察也是在做他自己的分內工作而已。為了守護校園裡的孩子們，很了不起。

「那現在誤會都解開了嗎？」

我這麼問，海老川先生臉上浮現溫柔的笑容。

「是的。其中一位從事不動產行業的常客，和我現在服務的這間管理公司有往來。我們偶然碰到了面，他還告訴我當年常來店裡的一個高中生，現在正打算自己開一間古董店。他那時才十幾歲，現在都三十五歲了。我自己雖然不中用，卻能影響某個人的人生，促成他開一間店，總覺得，這樣就夠了。」

我看著海老川先生的側臉。深深的皺紋，乾燥的皮膚。

他整個人透露著某種豁達，一如依子所說，像個仙人。

海老川先生從事過各行各業，經歷了各式各樣的經驗，還達成為某個人的人生帶來一絲光明的偉大成就。不只那位高中生，一定還照亮了其他許多人的人生。

我低下頭。

「……好厲害啊。我至今只在同一個職場，做著上頭交付的工作。從來不曾像海老川先生您這樣，透過自己的生存之道去影響過誰。一辭去工作，就覺得自己被社會視為無用的存在了。」

聽我這麼一說，海老川先生露出淡淡的笑容。

「您說的社會，是指什麼呢？對權野先生來說，公司就是社會嗎？」

宛如什麼戳進了心臟，我用手按住胸口。海老川先生的下巴微微朝窗口挪了挪。

「隸屬於什麼地方，這種事的界線是很模糊的。即使待在同個場所，光是中間隔著這麼一層透明板子，對面的人就會產生這邊的事和自己無關的心情。明明只要拿掉中間這層隔板，瞬間就變成當事人了。看人與被看，其實是同一件事呀。」

海老川先生凝視我的臉。

「權野先生，我啊，認為所有人與人產生的聯繫都是『社會』。因為建立了某種關係而引發的什麼事，無論過去或未來。這就是社會。」

建立了某種關係而引發的什麼事，無論過去或未來都一樣……

仙人說的話太難懂了，我一時之間無法完全理解。

可是，正如海老川先生所說，或許對我而言，公司就是社會。而我現在已經把那裡當作窗外了。只能隔著一層玻璃看著，明明看得到卻摸不到的世界。

比方說，在這棟公寓裡，平時走在窗口那邊的我，現在站在這邊和海老川先生說話。

按照海老川先生說的去想，現在這一刻我與他建立了某種關係，那麼這個地方……就是社會嗎？

潮水湧上。潮水消退。

潮水舔舐古老的石牆——

社會必有大風大浪。

草野心平或許是站在哪個窗口凝視大海的吧。

為什麼不是海邊，而是窗邊呢？

那或許因為，他熟知大海的美與可怕。正因如此，刻意隔著玻璃，以局外人的身分旁觀這個世界。

當然，這只是我的想像。

可是，我好像有一點，只有那麼一點……和他活在一起了。

隔天中午，我一個人去了站前大樓裡的明森書店。雖是瞞著依子跑來的，出門時帶走了兩顆甘夏橘，現在她大概已經發現了吧。

千惠正在整理文庫區被翻亂的書。我一叫她，她就笑著說：「你最近很常來欸！」

平放成一堆的文庫本前，立著一塊亮粉紅色的POP宣傳板。上面畫了葉子圖案的插畫，書名的「粉紅懸鈴木」字樣，設計成立體的造型。

「這也是千惠妳做的嗎？」

「嗯。彼方瑞惠老師的粉懸拍成電影，要公開上映了。」

文庫書腰上，印有兩個人氣女星的照片。扮演主角的應該就是她們了吧。千惠陶醉地說：

「這本小說真的很棒呢。看似不經意的對話，卻能直搗人心。不只女性讀者，連爸爸這個世代的叔叔伯伯讀者也說感動到哭了。雜誌連載完沒有就此結束，再次集結成冊。即使內容都一樣，還是有很多讀者想買書來看，這真是很棒的一件事。」

是喔。我看著略顯興奮的千惠。千惠說：

「你來買書的嗎？」

「不是……有件事想問妳啦。」

千惠眼珠一轉，小聲地說：

「再等一下我就可以休息了，中午一起吃飯吧。」

午休時間四十五分鐘。我和拿掉圍裙的千惠兩人去了車站大樓的美食樓層。走進一間蕎麥麵店，找張桌子相對而坐。

喝一口溫焙茶，千惠「呼——」地鬆了口氣。
「今天很忙嗎？」
「今天還好。」
捧著茶杯的手指，指甲剪得又齊又短。記得她大學時總把指甲留長，塗得五顏六色。千惠弱弱一笑說：
「升正職的事情，果然還是不行。」
今年是千惠在書店工作的第五年，曾聽她說過要從約聘轉正職很困難。想在書店業界生存也相當不容易啊。
「……這樣啊，真可惜。」
「不會啦。有工作做就很感恩了。」
蕎麥麵上桌，千惠吃的是天婦羅蕎麥麵，我吃的是豆皮烏龍麵。
「畢竟書店愈來愈少了嘛。現在，書都賣得不好吧？」
我一邊把豆皮泡進湯裡一邊這麼說，千惠表情一沉，板起臉來說：
「別說這種話。就是因為大家一副很懂的樣子，老是這麼說，事情才會愈來愈朝這方向轉變。永遠都會有需要書的人，書店的存在，是為了讓誰遇見對自己而言非常重要的一本書。我絕對不會讓書店從這世界上消失。」

千惠吸著蕎麥麵。

還以為她是想抱怨自己無法成為正職員工，沒想到她胸懷如此遠大的志向。所謂心動，或許就是這麼回事。她真的很喜歡書呢，還有這份書店的工作也是。

「……抱歉，千惠。妳這麼努力我還說這種話，妳比爸爸還了不起。」

我停下筷子，千惠搖搖頭：

「能在同一間公司有始有終工作到最後的爸爸很了不起喔。你很努力呀，吳宮堂的 Honey Dome，大家都喜歡。」

「不是啊，甜點又不是爸爸做出來的。」

我想起和小町小姐之間也曾有過這番對話，再次動起筷子。千惠緊皺眉頭。

「欸——？那真要這樣說的話，我寫的書一本也沒賣出去啊。可是，看到我覺得『這本很棒！』的書賣得好，我也超開心的。所以才會卯起來做 POP。自己想推的書，在心情上也有點像是自己的書了啦。」

千惠咬一口天婦羅。

「只有做書的人也不行吧。還要有宣傳書和賣書的人才行。一本書從製作出來，到送到讀者手中，這中間牽涉到很多人呢。想到自己也是這過程中的一分子，我就感到驕傲。」

我看著千惠。我們從來沒有這樣面對面聊工作過，她在我不知不覺中……成長為大人了。

不是我親手做的Honey Dome。可是，我也像千惠說的那樣，認為這產品很棒，一心想推薦給大家。從製作出來到被誰津津有味吃下的那個瞬間，或許我也是這過程中的一分子。這麼一想，就覺得自己這四十二年值得了。

「啊、對了。這麼說起來啊。」

吃完蕎麥麵，千惠朝托特包伸手，從中取出一本書。是《紫雲英與青蛙》。

「上次聽到爸爸在讀草野心平，我一個高興就買了。」

千惠打開書，啪啦啪啦翻閱。

「像是〈窗〉這首詩就很棒呢，在整本詩集裡顯得有些與眾不同。」

真開心，父女倆被同一首詩吸引了。我問千惠：

「我總覺得奇怪，為什麼這首詩的名字叫〈窗〉。」

視線落在書頁上的千惠「唔——」地沉吟起來。

「雖然只是我自己的想像啦，可能作者正好住在民宿，打開窗戶看到外面的大海，心情受到感動了？原本只能看到屋內的景象，沒想到外面的世界這麼遼闊。站在窗邊吹海風，看著壯闊的海洋，想著自己的人生。」

說到最後，千惠像是委身於想像的世界，把攤開的書壓在自己胸口。我很訝異，因為千惠看到的是與我完全不同的風景。

和千惠活在一起的草野心平，有著更明朗積極的印象。

詩這東西真不錯。我打從心底這麼想。

實際上的情形是怎麼樣，只有草野心平自己知道。可是，每個讀詩的人各有解讀，這樣很好。千惠闔上書，撫摸封面的青蛙。

「對我來說，以讀者的身分買書，也是那個過程中的一分子喔。不只撐起出版業界或從事書籍製作工作的人，最重要的還是讀者啊。做書的人、賣書的人、讀書的人。書是屬於我們所有人的。我想，社會就是這麼回事。」

——社會。

沒想到會從千惠口中聽到這個詞彙，我嚇了一跳。

撐起世界的……不只是工作的人。

千惠把書收回包包裡，這時，我看見那隻螃蟹別在包包上。不由得指著它說

「這個……」千惠就露出稚嫩的表情：

「啊、這個，因為很可愛，我就在後面縫上安全別針了。很不錯吧？」

太好了。這隻螃蟹也一樣，比起在我手中，它一定更希望這樣吧。這麼一來

就可以活得更開心了。

千惠看著螃蟹，笑得羞赧。

「……小學的時候，我們不是一起挑戰了親子螃蟹賽跑嗎？」

「螃蟹賽跑？」

我疑惑反問，千惠笑著說：

「你不記得了喔？三年級的時候，運動會上的親子競技啊。兩個人背對背，

像螃蟹一樣橫著跑。結果我們吊車尾就是了。」

「是、是喔。」

「爸爸，那時你跟我說過喔。你說，學螃蟹走路很有意思，景色都橫著通過

眼前，看到比平常更廣大的世界。還說，橫著走看到的不就是廣角畫面嗎？」

隱約記得好像有這麼回事。不過，千惠的記憶一定沒錯。千惠有些難為情地低下頭。

「我長大之後，還會不時想起爸爸那句話。要是總看著前面，視野就會狹隘。所以，遇到瓶頸而苦惱的時候，我都會驚覺自己必須改變看事物的方式，提醒自己拓展視野，放鬆肩膀的力量，學螃蟹一樣橫著走路。」

原來她是這麼想的啊。

我聽得滿心感動，得拚命忍住才不會哭出來。

長久以來，我一直很擔心。

擔心千惠的成長過程中，我是不是只顧工作，把育兒的任務全部交給依子。擔心自己和女兒一起度過的回憶太少。擔心自己可能什麼都沒教會她。

——建立了某種關係而引發的什麼事，無論過去或未來。

好像終於能理解海老川先生這番話的意義了。

不只公司，親子間或許也一樣是「社會」。千惠年幼時，我隨口說出的話被她珍藏心中，用自己的方式解釋，成為屬於自己的財產。看到成長後的她，內心深受感動的我。

千惠包包上，那隻栩栩如生的螃蟹看著我。

至今，我只顧著不斷往前走。以為人生是一直線延伸的。

可是現在，我似乎看到了一點橫著走才能看見的風光。

身旁的女兒、妻子，每天的生活，是如何映在眼中的呢？

千惠對店員招招手，請對方上一杯新的焙茶。接著，像想起什麼似的看著我問：

「對了，你要問我什麼？」

幾天後的下午，我前往社區活動中心還書。

前幾天看到那個穿綠色襯衫的男孩，正在諮詢區旁有屏風功能的佈告欄上貼海報。

「浩彌，再往右上一點。」

站在稍遠處的希美小姐對他做出指示。這位「浩彌」，就把右上角的圖釘拔下來調整位置。

似乎要辦「圖書職員一日體驗」的活動，海報上還畫著一隻把書打開的羊。

羊有著螺旋狀的角，彷彿羊角本身就有生命。乍看之下帶點神秘色彩，吸引路過人的視線，是一幅有著不可思議魅力的插畫。

「午安。」我寒暄著走過去，希美小姐便笑著說：「啊、您好。」

屏風那一頭。

小町小姐果然坐在那裡拿針戳東西。一注意到我，她的手停了下來。視線集中在我提的紙袋上……吳宮堂的商標。

「這個送您，請享用。」

我從紙袋裡拿出盒子。Honey Dome，十二個裝。

小町小姐雙手捧頰，發出「……好開心」的嘆息。

今後我依然會帶著自信與驕傲推廣Honey Dome的好，自己也會持續享受它的美味。因為，在心情上也有點像是屬於我的，Honey Dome。

小町小姐站起來道謝，收下盒子。我對她說：

「小町小姐上次不是問我了嗎？假設十二個裝的Honey Dome吃了十個，盒子裡的另外兩個是不是『剩下的東西』。我想我知道這個問題的答案了。」

手上還拿著盒子，小町小姐看著我。我對她微笑。

「盒子裡的另外兩個，和第一個吃掉的Honey Dome沒有任何不同。每個Honey Dome都同樣的好。」

沒錯。現在我終於徹底明白。

我出生那天，和站在這裡的今天，還有今後即將到來的許多明天。

每一天肯定都是重要的一天。

小町小姐滿意地咧嘴笑。抱著盒子坐回椅子。

我慢條斯理地問：

「可以請教您一件事嗎？」

「什麼事呢？」

「關於那個贈品……您是怎麼選出來的？」

選書這方面，小町小姐應該是憑長年的經驗和直覺，為讀者選出最適合的書。可是，我在超市看到溪蟹的事，或從前和千惠參加螃蟹賽跑的事，小町小姐根本無從得知吧。

我還期待她說出什麼密技絕招，小町小姐卻若無其事地說：

「隨便選的。」

「啥？」

「說得裝模作樣一點，就是靈光一閃吧。」

「靈光一閃……」

「如果贈品與你之間有什麼共通之處，那就太好了。非常好。」

小町小姐目光直視著我。

「不過呢，我並不是因為知道什麼才給出某樣贈品。大家都是自己在我給的贈品裡找到意義的。書也一樣。在跟做書的人的意圖無關之處，讀書的人往往能將書裡的幾個字、幾句話與自己做出連結，獲得只有自己才能得到的東西。」

小町小姐揚起手中的盒子，再次向我道謝。

「非常感謝，我會和外子分享。」

想像小町夫妻一起打開這個餅乾盒，Honey Dome為他們的眼睛和舌頭帶來喜悅。這是多麼光榮的一件事，而我，也是這個過程中的一分子。

時序進入五月。

某個晴朗的下午，我和依子約在公園附近的公民館大廳碰頭。她上午在這裡有開給銀髮族的電腦課，結束之後，我們打算去野餐。

我和依子走在櫻葉茂盛的公園裡。

背包裡裝著飯糰。這是個驚喜。我趁依子外出不在家時偷偷練習了好多次。依子喜歡的口味，上次在蕎麥麵店裡也跟千惠打聽好了。

野澤菜。

我心想，竟然是這個。幸好有問。要是我自己想，絕對想不到答案會是這個。一直以來，我根本不知道這件事，相較之下，我愛吃的東西依子全都一清二楚。

坐在長椅上，拿出包在保鮮膜裡的飯糰時，依子發出「欸？」的驚喜叫聲。接著，她看了看飯糰，又看了看我，這才咬下一口。「是野澤菜！」她睜大了雙眼。我是不知道她有沒有怦然心動，不過，看到依子開心的樣子，我也很開心。

忽然，依子低下頭說：

「……正雄，我被裁員那時，你不是開車帶我去長野兜風了嗎？」

「啊？嗯。」

依子四十歲那年，公司經營不善縮減人事，她是第一個收到裁員通知的人。

因為大家都認為，反正她沒工作也能靠丈夫養。

「這個決定和我個人的工作能力無關，真的教人好不甘心。」看到哭著這麼說的依子，不善言詞的我不知道該說什麼才好，只好邀她去兜風。想說當天來回也好，去泡個溫泉，她的心情大概會好一點。眼前的依子看著手上的飯糰，接著又說：

「那時，我坐在副駕駛座看著正雄的側臉，心裡想的是，被解僱的我，乍看之下好像失去什麼很大的東西，可是其實我根本沒失去什麼。因為，我還是原本那個我，沒有任何不同。只是離開原本待的公司而已嘛。真的只是這樣而已。從工作上獲得的喜悅也好，和重要的人共度的幸福也好，全都端看自己怎麼想，只要我願意，這些都是日後仍能牢牢掌握的東西。就這樣，我下定決心轉為自由業。」

依子朝我轉頭，微微一笑。

「那時，在長野吃到的野澤菜好吃到令人難忘，從那次起，我就愛上了這個。」

我也對她微笑。從千惠那裡打聽到關於野澤菜的事雖然是我作弊，就別介意這麼多了。再說，我也不會忘記的。不會忘記今天兩人並肩坐在這裡吃飯糰的事。

我剝開保鮮膜，依子說：

「矢北先生很開心喔。圍棋教室好玩嗎？」

圍棋教室五月份的學費，我已經匯款了。

小町小姐推薦的圍棋入門書，後來我又重新看了一次。即使還是不太懂，卻有一份親近感，這應該是因為曾在圍棋教室裡下過一次棋的緣故吧。要是從來沒體驗過，或許就不會有這種想法了。這「一次」的有無，竟能帶來如此大的差異。我開始想知道圍棋會在哪裡產生戲劇性了。

「很難喔，不管怎麼記，還是會忘記規則。」

我笑了。

「可是一次又一次恍然大悟發現原來是這樣啊也很有意思，所以沒關係。我想再持續學一陣子看看。」

能不能派上用場，能不能成就什麼。過去阻礙我的，或許是這樣的價值觀。可是，當我知道「心動」才是最重要的事之後，乍然多了好多想做的事。

體驗手打蕎麥麵、安排史蹟巡禮的旅行，還有，請依子教我上網學英文。羊毛氈也是，有機會想試試看。要是看到心動的徵人啟事，也可以去應徵看看。
映在眼中的每一天，仔細品嚐其中的豐盛滋味吧。從廣角視野看出去。
吃完飯糰，穿著球鞋在初夏的綠意中漫步。
聽見鳥在歌唱，感受風的吹拂。看身邊的依子笑。
我沒有從「我」這個身分上退休。
今後，要珍惜地蒐集喜歡的東西，編成屬於我自己的選集。

腦中想到的詞語，自然而然脫口而出。

沒關係、沒關係，正雄要來了喔。
來吧來吧，正雄要來了喔。
喔喔，正雄身邊的，是依子喔。

「那什麼？」
依子睜圓了眼睛。

「正雄之歌。」

聽了我的回答，依子點點頭：「品味還不錯嘛。」

【故事裡有提到的真實書籍】

《古利和古拉》　中川李枝子（文）、大村百合子（繪）

《與英國皇家園藝協會一起享受植物的奧妙》　原書名『英国王立園芸協会とたのしむ 植物のふしぎ』　ガイ・バーター著　北綾子訳　河出書房新社

《月亮之門》　原書名『月のとびら』『新装版 月のとびら』　石井ゆかり著　阪急コミュニケーションズ／CCCメディアハウス

《圖示 進化的紀錄 達爾文們眼中的世界》　原書名『ビジュアル 進化の記録　ダーウィンたちの見た世界』　デビッド・クアメン　ジョセフ・ウォレス著　渡辺政隆監訳　ポプラ社

《紫雲英與青蛙》　原書名『げんげと蛙』　草野心平著　銀の鈴社

《21世紀小福星》　藤子・F・不二雄

《亂馬1/2》、《福星小子》、《相聚一刻》　高橋留美子

《漂流教室》　楳圖一雄

《危險調查員》浦澤直樹
《日出處天子》山岸涼子
《北斗之拳》武論尊（原作）、原哲夫（作畫）
《火之鳥》手塚治虫

【參考文獻】
『夢の猫本屋ができるまで』井上理津子著　安村正也協力　ホーム社
《超詳盡礦物百科！礦物與它們的產地》佐藤佳代子

【採訪協助】
Cat's Meow Books（キャッツミャウブックス）安村正也先生

【Special Thanks】

Yukari Ishii

Miho Saigusa　Masashi Kumashiro

Ryoichi Otsuka　Noboru Ito

春日 ハルヒブンコ 文庫

117

失物請治圖書室

お探し物は図書室まで

失物請治圖書室 / 青山美智子作 ; 邱香凝譯. -- 初版. -- 臺北市 : 春天出版國際文化有限公司, 2022.11
　面 ;　公分. -- (春日文庫 ; 117)
譯自 : お探し物は図書室まで
ISBN 978-957-741-590-5(平裝)

861.57　　　111014394

ISBN 978-957-741-590-5
Printed in Taiwan

作　　者　青山美智子
譯　　者　邱香凝
總 編 輯　莊宜勳
主　　編　鍾靈

出 版 者　春天出版國際文化有限公司
地　　址　台北市大安區忠孝東路4段303號4樓之1
電　　話　02-7733-4070
傳　　眞　02-7733-4069
E－mail　bookspring@bookspring.com.tw
網　　址　http://www.bookspring.com.tw
部 落 格　http://blog.pixnet.net/bookspring
郵政帳號　19705538
戶　　名　春天出版國際文化有限公司
法律顧問　蕭顯忠律師事務所
出版日期　二〇二二年十一月初版
　　　　　二〇二三年八月初版六刷

定　　價　450元

總 經 銷　楨德圖書事業有限公司
地　　址　新北市新店區中興路二段196號8樓
電　　話　02-8919-3186
傳　　眞　02-8914-5524
香港總代理　一代匯集
地　　址　九龍旺角塘尾道64號 龍駒企業大廈10 B&D室
電　　話　852-2783-8102
傳　　眞　852-2396-0050